U0505838

雅众
elegance

智性阅读
诗意创造

多多五十年诗歌
自选集

1972-2022

词语磁场

多多 著

上海三联书店

雅众文化 出品

目 录

辑二　八十年代

iv

辑三　九十年代

辑四　二〇〇〇年代—二〇一〇年代

辑一　七十年代

大宅

声息退去了
更夫提着红灯笼
秘密蹑手蹑脚地翻过窗栏
掺进紫黑色的吻里
月亮亮得像伤疤

正是心神不宁的琐碎的三更

前院的奴隶已早早爬起
两只黑手虔诚地筛动
有人悄声问：什么？
惊起一片昏沉沉的鸦……

（1972）

告别

绿色的田野像刚刚松弛下来的思想
建设，就像一个无休无止的黄昏
当未来像队伍那样开来
你，就被推上陌生的乡路
在走向成长的那条僻巷中
万家灯火一片孤寂
牧羊人，紧握一支红色鞭杆
他守卫黑夜，守卫黑暗——

（1972）

夜

在充满象征的夜里
月亮像病人苍白的脸
像一个错误的移动的时间
而死，像一个医生站在床前：

一些无情的感情
一些心中可怕的变动
月光在屋前的空场上轻声咳嗽
月光，暗示着楚楚在目的流放

（1973）

入冬的光芒

朝泼血的墓碑倾斜

穿过东方的梦魇

太阳，在黄昏实心的袍子里

减弱它的威力

孩子，搂住火炉吞下寒冷

冬天，四个季节中的长者

抬举着自己的尸首流行……

（1973）

贝多芬钢琴奏鸣曲《月光》

多么冷清的温情呵

像站立在墓园中沉思，一阵温柔的心痛

随后万马向你奔来

带你驰向更加辽阔的梦境

——灵魂被载走

宇宙的门也渐渐打开

已接近了星海与永恒……

（1973）

万象 14 首

少女波尔卡

同样的骄傲，同样的捉弄
这些自由的少女
这些将要长成皇后的少女
会为了爱情，到天涯海角
会跟随坏人，永不变心

（1973）

诱惑

春风吹开姑娘的裙子
春风充满危险的诱惑
如果被春天欺骗
那，该怎么办？

那也情愿。

他会把香烟按到

我腿上

我，是哭着亲他呢

还是狠狠地咬他耳朵呢?

哭着亲他吧……

（1973）

女人

1

披着露水，站在早晨

她守望着葡萄园

像贵妇人一样检阅花草

带着被破坏的美，带着动人的悲哀

她，在向它们微笑……

2

像主人一样酣畅地苏醒

眼前，是夕照斑斓的四壁

围着彩条浴巾，举起一只白白的手臂
是你，在梳理——

（1973）

孩子

创造了人类，没有创造自由
创造了女人，没有创造爱情
　　上帝，多么平庸啊
　　上帝，你多么平庸啊！

（1973）

青春

虚无，从接过吻的唇上
溜出来了，带有一股
不曾察觉的清醒：

在我疯狂地追逐过女人的那条街上

今天，戴着白手套的工人

正在镇静地喷射杀虫剂……

（1973）

诗人

1

披着月光，我被拥为脆弱的帝王

听凭蜂群般的句子涌来

在我青春的躯体上推敲

它们挖掘着我，思考着我

它们让我一事无成

（1973）

2

酒，没有斟满诗人的希望

黄昏又把一天的哀痛草草收敛

瓷器店中耗尽的光影年华啊

或许，这就是我们的都会

和它的文学……

（1974）

乌鸦

像火葬场上空

慢慢飘散的灰烬

它们，黑色的殡葬的天使

在死亡降临人间的时候

好像一群逃离黄昏的

音乐标点……

目送它们的

是一个哑默的

剧场一样的天空

好像无数沉寂的往事

在悲观的沉浸中

继续消极地感叹……

（1974）

黄昏

1

寂寞潜潜地苏醒
细节也在悄悄进行
诗人抽搐着，产下
甲虫般无人知晓的感觉
——在照例被佣人破坏的黄昏……

（1973）

2

当勇于冒险的情夫
用锥形的屁股
试探性地升起
好像城市也受到启发
要猛然抖动挂锁，威胁
驰向黑夜的女人……

（1979）

夏

花仍在虚假地开放

凶恶的树仍在不停地摇曳

不停地坠落它们不幸的儿女

太阳已像拳师一样逾墙而走

留下少年，面对着忧郁的向日葵……

（1975）

秋

失落在石阶上的

只有枫叶、纸牌

留在记忆中的

也只有无情的雨声

那间歇的雨声一再传来

像在提醒过去

像在悼词中停顿一下

又继续进行……

（1975）

年代

沉闷的年代苏醒了
炮声微微地撼动大地
战争，在倔强地开垦
牲畜被征用，农民从田野上归来
抬着血淋淋的犁……

（1973）

解放

革命者在握紧的拳头上睡去
"解放"慢慢在他的记忆中成熟
像不眠的夜，像一只孤独的帆角
爱情也不再知道它的去处
只有上帝在保佑它惊心动魄的归宿……

（1973）

战争

下午的太阳宽容地依在墓碑上
一个低沉的声音缓慢地叙述着
瘦长的人们摘下军帽
遥远的生前，村里住满亲人……

（1972）

海

海，向傍晚退去
带走了历史，也带走了哀怨
海，沉默着
不愿再宽恕人们，也不愿
再听到人们的赞美……

（1973）

吉日

仿佛是非已经了结

仿佛祭酒已经喝光

狱外透进曙光

花枝也在粗野地开放

一生的羞耻已经赎尽

梦，却记忆犹新，号角般嘹亮：

风，吹不散早年的情欲

在收割过的土地上

在太阳的照耀下

那些苦难的懒惰的村庄

照例有思想苏醒

照例在放牧自由的生命——

（1973）

能够

能够有大口喝醉烧酒的日子

能够壮烈、酩酊

能够在中午

在钟表嘀嗒的窗幔后面

想一些琐碎的心事

能够认真地久久地难为情

能够一个人散步

坐到漆绿的椅子上

合一会儿眼睛

能够舒舒服服地叹息

回忆并不愉快地往事

忘记烟灰

弹落在什么地方

能够在生病的日子里

发脾气，做出不体面的事

能够沿着走惯的路

一路走回家去

能够有一个人亲你

擦洗你，还有精致的谎话

在等你，能够这样活着

可有多好，随时随地

手能够折下鲜花

嘴唇能够够到嘴唇

没有风暴也没有革命

灌溉大地的是人民捐献的酒

能够这样活着

可有多好，要多好就有多好！

（1973）

在秋天

秋天，米黄色的洋楼下
一个法国老太婆，死去了，慢慢地
在离祖国很远很远的地方
跑来了孩子们，一起，牵走她身旁的狗

把它的脖子系住，把它吊上白桦树
在离主人尸体不远的地方
慢慢地，死去了
一只纯种的法兰西狗

在变得陌生的土地上
是这些孩子，这些分吃过老太婆糖果的孩子
一起，牵着她身旁的狗
把它吊上高高的白桦树

一起，死去了，慢慢地
一个法国老太婆，一只纯种的法兰西狗
一些孩子们，一些中国的孩子们
在米黄色的洋楼下，在秋天……

（1973）

致情敌

在自由的十字架上射死父亲

你怯懦的手第一次写下：叛逆

当你又从末日向春天走来

复活的路上横着你用旧的尸体

怀着血不会在荣誉上凝固的激动

我伏在巨人的铜像上昏昏睡去

梦见在真理的冬天：

有我，默默赶开墓地上空的乌鸦……

（1973）

致太阳

给我们家庭，给我们格言
你让所有的孩子骑上父亲肩膀
给我们光明，给我们羞愧
你让狗跟在诗人后面流浪

给我们时间，让我们劳动
你在黑夜中长睡，枕着我们的希望
给我们洗礼，让我们信仰
我们在你的祝福下，出生然后死亡

查看和平的梦境、笑脸
你是上帝的大臣
没收人间的贪婪、嫉妒
你是灵魂的君王

热爱名誉，你鼓励我们勇敢
抚摸每个人的头，你尊重平凡
你创造，从东方升起
你不自由，像一枚四海通用的钱！

（1973）

梦

过去了，故去了，许多个年代过去了
　　许多欢乐，许多苦闷
以往，像一匹风尘仆仆的马车
　　我们，也快要望不到故乡了……

那是最初的日子，那是守约的日子
　　那是神气地走在街上的日子
我们不假思索，我们相识匆匆
　　我们曾不加修饰，我们曾如醉如痴

充满醉意的末班车
是满满的一天。窗帘已经遮严
　　是缠绵的一个下午。邮差穿着绿制服
　　　　是保证灿烂的一生

那是爱情的时间
　　那是在一起的时间
那是一段短暂的时间
　　只来得及把心灵，刚刚温暖

但吻过了，也吻够了

　　　　仔细地温柔地注视我

抚摸我，安慰我
　　　　你，快要向我告别了

承认的时候，快到了
　　　　你笑得冷酷，你笑得不留痕迹
你笑得多么匆忙
　　　　离别的时间，你笑得多么匆忙

星星也模糊了，站在
　　　　湿漉漉的电车站的那个你
要把手抽回来
　　　　要把它，小心翼翼地揣进兜里

逃走了，终于逃走了
　　　　那日子，再也捉不回来了
像伪金币，像漂亮的眼睛
　　　　叮当地响着，欺骗着流动过去

十个美好的星期天
　　　　两个人在一起创造秘密的时间
像一个淡淡的没有记住的梦
　　　　像一个炊烟不再升起的乡下早晨

什么都没有剩下

　　爱，什么都没有剩下

你从容地走了，你走吧

　　你把别人的春天也带走了，你带走吧

可怕的爱的经过呵

　　可怕的爱的罪过呵

擦擦潮润的眼睛

　　你，还能再说什么

往昔，已经故去

　　已经故去的这般久远

像一声清脆的童年的口哨

　　带走我一生的淳朴，和庄重……

秋天，走进痛苦已经平静的墓园

　　秋天，立下我金色的墓志铭：

　　遭遇如此，因欢乐如此，幸运如此

真正的悲哀还没有揭开，真正的美还没有到来——

（1973）

万象

A

巴黎哦
虚荣的巴黎哦,街头的巴黎哦
巴黎是一名坐惯华贵马车的妓女
厌倦的巴黎哦,皮肤松驰的巴黎哦
巴黎在别人的怀中冷漠地回忆

哦,巴黎
是旧日的巴黎,印象的巴黎
巴黎的早晨在煤气灯下昏迷
是颓废的巴黎,才华将尽的巴黎
巴黎的征服已经过去——

可是,法兰西
年轻的法兰西,火红头发的法兰西
你放浪的美少年的侧影
刚好装饰一枚硬币——

B

德意志失败了
德意志神圣又悲哀
像一只黑色的大提琴
德意志，一名低沉的天才。

C

鬓角洒过香水，你
漫步在昔日的博物馆里
你，一名英吉利的绅士
偶尔又会流露出
大不列颠海盗的神气

金画框里
镶着你的祖父
旁边放着他
殖民用过的火药枪……

D

那儿是一个阔气的地方
那儿吸引去全世界的水手

那儿的天空倾落下金币
那儿的人民，就会幽默地撑起雨伞

那儿有快乐，那儿
被叫做美国。

E

别了，前行的驼队
别了，跌落在沙漠中的酒具、马鞍
阿拉伯，可怜的父母邦呵
——愿安拉保佑你
愿鸽子永在你头上飞翔……

F

印第安饥饿的部落一边
是历史的中午，野蛮而平静
做着没有伤害的梦
远处，一息古罗马的哀愁
从叮当响着的钥匙声中传来
那就是传到今天的奴隶的文明……

G

海，向傍晚退去
带走了历史，也带走了哀愁

海，沉默着

不愿再宽恕人们，也不愿

再听到人们的赞美……

（1973）

秋

生活呵，海呵，荣誉呵，

天空呵，偶然的一切呵——告诉我吧

一个青年，一个歪歪斜斜的青年，从高高的石阶上走下来。一级一级地，在秋天，在太阳向大地收回爱情的时刻，有几片飘飘的残叶，已经降落到他的肩上……

几片恢复人感觉的叶子，降落到我的肩上，降落到我迟钝的心上，让我走着，走着，渐渐想到亲人，想到星期六，想到就要到来的冬天，冬天和它所能带来的排解、寒冷与温暖。但愿能把我从现在悄悄地转移过去吧。而且，不要留下任何痕迹；而且，也让我属于一些什么吧！

就这样，每时每刻，我的心都祈祷着。

每时每刻，都希望能够回想起一个悦心的名字——好到他那儿去。到那充满温情的房间、角落和堆放着许多书籍的椅子上去。我会一下子说出很多智慧的话，会被他——被我所喜爱的人赞许。我会感觉满足，满意自己和所有的人……

我却刚刚从他家的台阶上走下来，刚刚为了摆脱一种不舒服的感情走到人来人往的街上。

眼前，只有各种把心事深藏的面孔，各种匆匆的灰色的面孔。还好，我是陌生的，我得到秋天的掩护，我的心情是潮润的，眼睛也在流露感激的神情，我渐渐想到一些让人兴奋的事情上去……

——别破坏我。我正在经历另一种境界。我愿望亲吻别人，愿望接触别人的皮肤，愿望把自己的手放到他的手里，闻一闻他粗呢子大衣的气味，看到风度、身材，看到真实和光彩……

真实呵，真实的秋天呵，劳动的脚步跟在你的裙裾后面，在安静的街道上和你一起回头，留连，再暗暗地回忆一下——是今天，是自己，是和爱情一样重要的心理，一种不再在理智中分辨的情绪……

我已经脱离了商店和街道，我正大胆地向光明走去。走向更加拥挤的人群，却没有他们脸上的烦恼。我现在的感觉是清凉的、野外的。他们只是世界的假象，他们跟我不能相比，他们更孤独，他们是不可挽救的狡猾者呵！

……一个被浪费的夜晚，一个空虚而自满的城市，一些早早回家的人，一些销锁窗子的声音，一个最后走在街上的人——带着他最初的心愿……

那是秋天的心愿，那是最初的秋天的笔触。那时候，我分明还是个孩子，在和那个善良的世界交往。

那个时候永远过去了，我却依旧生活在这里。

（1973）

手艺

——和玛琳娜·茨维塔耶娃

我写青春沦落的诗

（写不贞的诗）

写在窄长的房间中

被诗人奸污

被咖啡馆辞退街头的诗

我那冷漠的

再无怨恨的诗

（本身就是一个故事）

我那没有人读的诗

正如一个故事的历史

我那失去骄傲

失去爱情的

（我那贵族的诗）

她，终会被农民娶走

她，就是我荒废的时日……

（1973）

玛格丽和我的旅行

A

像对太阳答应过的那样
疯狂起来吧，玛格丽：

我将为你洗劫
一千个巴黎最阔气的首饰店
电汇给你十万个
加勒比海岸湿漉漉的吻
只要你烤一客英国点心
炸两片西班牙牛排
再到你爸爸书房里
为我偷一点点土耳其烟草
然后，我们，就躲开
吵吵嚷嚷的婚礼
一起，到黑海去
到夏威夷去，到伟大的尼斯去
和我，你这幽默的
不忠实的情人
一起，到海边去
到裸体的海边去

到属于诗人的咖啡色的海边去
在那里徘徊、接吻，留下
草帽、烟斗和随意的思考……

肯吗，你，我的玛格丽
和我一起，到一个热情的国度去

到一个可可树下的热带城市
一个停泊着金色商船的港湾
你会看到成群的猴子
站在遮阳伞下酗酒
坠着银耳环的水手
在夕光中眨动他们的长睫毛
你会被贪心的商人围住
得到他们的赞美
还会得到长满粉刺的橘子
呵，玛格丽，你没看那水中
正有无数黑女人
在像鳗鱼一样地游动呢！

跟我走吧
玛格丽，让我们
走向阿拉伯美妙的第一千零一夜
走向波斯湾色调斑斓的夜晚
粉红皮肤的异国老人

在用浓郁的葡萄酒饲饮孔雀

皮肤油亮的戏蛇人

在加尔各答蛇林吹奏木管

我们会寻找到印度的月亮宝石

会走进一座宫殿

一座金碧辉煌的宫殿

驮在象背上，神话般移动向前……

B

呵，高贵的玛格丽

无知的玛格丽

和我一起，到中国的乡下去

到和平的贫寒的乡下去

去看看那些

诚实的古老的人民

那些麻木的不幸的农民

农民，亲爱的

你知道农民吗

那些在太阳和命运照耀下

苦难的儿子们

在他们黑色的迷信的小屋里

慷慨地活过许多年

去那里看看吧

忧郁的玛格丽

诗人玛格丽

我愿你永远记得

那幅痛苦的画面

那块无辜的土地：

麻脸的妻子在祭设感恩节

为孩子洗澡，烤热烘烘的圣糕

默默地举行过乡下的仪式

就开始了劳动人民

悲惨的圣洁的晚餐……

（1974）

诗人之死

是我死去的时候了

同一块土地，同一块天空

连同我一道，都那样寂静

呵，寂静，那样寂静

像在梦中一样，月光又高贵又无情

思想，大概已经停止

已不再有力量，答谢轻浮的生命

呵，寂静，那样温柔的寂静

生命轻轻飞去，像一阵离别的小风……

呵，寂静，那样寂静

像在梦中一样，月光又高贵又无情

在同一个黄昏，在同一个黎明

听不到挽歌，也听不到钟声

灵魂的大门，在庄严地关闭

送我加入迎娶生命的殡列

索我归还往日的才能

呵，寂静，那样永恒的寂静

没有回答，也没有回声

只有幽灵的火把，照亮我的一生……

（1974）

春

　　请你不要把我遗忘得太久，我时时都在关心
　　你和你的一切，你小小的心事
　　和你玩味心事的小小的习惯

　　这是春天的气息，在我写给一个女孩子的信中出现。

　　又在一刹那间带给我眩晕，又有一块明亮的国土带着急切的欲念浮现到我面前。原先的那个世界沉没了——在那个世界上居住着一个灰色的准备的王国，它们无声地沉没着。那湿冷的风，阴暗的北方的街道，那属于秋色和烦恼的最后的一个夜晚，它们已被留在圣诞节的火把和黑暗中……

　　从那时到现在，已经是春天，渐渐被理智明确的春天。

　　人们在充满肉感的空气中呼吸着，支持着，仿佛苦难也开始变得柔和，那些活过来的人们，也仿佛变得深沉。人们在离太阳很近的地方活动着，从来没有享受过劳动的身影已经越过冬天的门槛——看呵，多少人都跑起来了，忘掉可以忘掉的一切跑起来了……

这是春天，这是我的想象分明受到感染的春天。

春天的草在我脚下蔓延，我感到我今天的诚恳和踏实，并且是优美的，以及优美的感觉所煽动的惭愧心理；这样洁净的黄昏，今天第一次这样安详地到来，仿佛，背着琴匣的姑娘也在无端地向我微笑，这泪水洗净的麻醉的黄昏，它推动我迎接幸福的心理前进——世界，黑头发的世界，年轻的放浪的世界，从很远很远的地方走来。

让我开始想念一个女人。

——我是多么熟悉她呵！每当我闭上眼睛的时候，我就会更加明晰地看到她：一个优美的身影，一个一贯优美的身影；是她给予我对感情的高贵的理解，对成熟的全部理解，每当爱情向她降临的时候，她就会对过分用力地甩掉它们，从自己的肩上，像甩掉一件华丽的衣服；所有雄壮的青春的恳求，都被她拒绝着，我愿永远永远地纪念她——

呵，女人呵女人，女人的影子像秋天湿润的土地上，静静生长的蘑菇，从我心灵麻痹的地方苏醒着，用羞怯的纤细的手孕育我的想象。那背叛了我记忆的女人，一年以前，我还写信给她"我的灵魂仍在与你相遇"，一年以前，我还有一颗情愿与女人相同的灵魂。而我好像度过了一个很长很长的时间，一个没有爱情庇护的时间。"你走了，整个世界都生病了"——

她睫毛仍在向我眨动，它们是在为埋葬记忆眨动的。

因为我看到另外一些坏人，堂堂正正地从她的身体里走出来，我听到她的声音："我追求感动。"

而我仅感到，我仅感到时间的放荡和青春的流逝……

呵，人生是宽广的。相遇不过是我们短暂的机缘，我们不应当奢求和腐化这种感情，再见，让我们在上帝赐福的十字街口再见——一刻灵魂就要轻轻飞去，飞到不同的女人不同的爱情那里去，飞到没有女人也没有爱情的地方去，街上的人们会向我喊："寂寞的小伙子，你前途无量啊——"

（1974）

阴暗的思想

一线一线，在天际展开
留下昏迷的费解的黑斑

一枚耀眼的太阳
已带着一颗颗年轻的心
冲出林子的罗网
不断放射出
钱袋的光芒……

（1974）

无题

尾随着太阳绿色的光芒

又在我微妙的心里，把象征点燃：

幻觉，开始出入思想的林莽

伏在无数狂奔的野兽背上

沐浴在朦胧的夕光中

黄昏金色的尘埃

附上我视觉中的一切影像

这样深刻的与丰富的

好像许多陌生人

正从他们的声音里

慢慢向我走来

好像山谷中有病的荆棘

红色的，黑色的

它们秘密开遍我的周围……

（1974）

同居

他们将在街头同人生的三个意象相遇
老人烟斗的余火、儿童涂写在墙上的笔迹
和湿漉漉的雨中行走的女人的小腿

他们徘徊了一整夜
围绕小白房子寻找标记
太阳升起来了，归宿仍不能断决
错误就从这时发生
没有经过祈祷
他们就合睡到一张床上
并且毫不顾忌室外光线
在晚些时候的残酷照射
因而能够带着动人的笑容睡去
像故去一样
竟然连再温柔的事情
也懒得回忆
就起身穿过街道
一直走进那
毫无标记的楼房大门
他们因此而消失
同母亲临终前

预言过的一模一样

其实在他们内心
时时都在寻找
穿插那段往事的机会
时时都在用暗语交谈
就像雪天
用轻柔地步子从雾里归来
剥喂病人橘子时的心情一样
那花房的花
透过紫红的霜雾
肯定给他们留下难忘的印象
让他们的情调
就此炽烈起来
那就让他们
再短暂地昏迷一下吧
——去
给他们一个拍节
但不要给他们以觉察
不要让他们同居的窗口
因此变得昏暗
不要让他们因此失去
眺望原野的印象力量

当他们向黎明的街心走去

他们看到了生活。生活

就是那个停住劳动

看着他们走近的清道夫

他穿着蓝色的工作服

还叼着一只烟斗，站在早晨——

（1976）

教诲
—— 颓废的纪念

只在一夜之间，伤口就挣开了
书架上的书籍也全部背叛了他们
只有当代最伟大的歌者
用弄哑的嗓音，附在耳边，低声唱：
　　爵士的夜世纪的夜
他们已被高级的社会丛林所排除
并受限于这样的主题：
仅仅是为了衬托世界的悲惨
而出现的，悲惨
就成了他们一生的义务

谁说他们早期生活的主题
是明朗的，至今他们仍以为
那是一句有害的名言
在毫无艺术情节的夜晚
那灯光源于错觉
他们所看到的永远是
一条单调的出现在冬天的坠雪的绳
他们只好不倦地游戏下去
和逃走的东西搏斗，并和
无从记忆的东西生活在一起

即便恢复了最初的憧憬

空虚，已成为他们一生的污点

他们的不幸，来自理想的不幸

但他们的痛苦却是自取的

自觉，让他们的思想变得尖锐

并由于自觉而失血

但他们不能与传统和解

虽然在他们诞生之前

世界早已不洁地存在很久了

他们却仍要找到

第一个发现"真理"的罪犯

以及拆毁世界

所需要等待的时间

面对悬在颈上的枷锁

他们唯一的疯狂行为

就是拉紧它们

但他们不是同志

他们分散的破坏力量

还远远没有夺走社会的注意力

而仅仅沦为精神的犯罪者

仅仅因为：他们滥用了寓言

但最终，他们将在思想的课室中祈祷

并在看清自己笔迹的时候昏迷：

他们没有在主安排的时间内生活

他们是误生的人，在误解人生的地点停留

他们所经历的——仅仅是出生的悲剧

（1976）

美学笔记

故宫两百年前的鼓声

已经趋于寂静，历史晚期的脚步声

仍在里面不祥地回荡

循着千万条不可揣测的思路

一脉灵魂的回潮

穿过梦的古老的房间

朝东方的夜奔涌……

被我瞥见的神武门

重又关闭，观念

已倦于远行，只有我依靠过的树

继续隐藏于黑暗里

像一只只栖睡的大鸟

只是微微摇动它们的羽毛

（1976）

我记得

啊我记得黑夜里我记得：
天是殷红殷红的
像死前燥热的吻
城门也在秘密开启

让道路通向自由

毛茸茸的村庄在黑暗中卧伏已久
绿茵在阴影中像胡子一样长成
万物，都在寂静中倾听
唯有马车开始运动
向着张大眼睛的光明

——雨声竟突然充满不祥

有人对沙石提出质问，指责
藏在裙下的在花间移动的
女人的脚，驮着孩子走向大海的牛
有烟升起的鹿场的早晨
甚至天鹅栖息的黄昏的湖

——胆怯的房子最先颤抖起来
火，在郊外开始放手行凶：
庄稼被点燃，树木被逼疯
花的世界躺满尸体
河流也停止了屈辱的蠕动
山，也由此失去往日的光荣

但什么时候——什么时候

门曾脱开镲扣，梯子能自行行走
砖瓦会离开屋脊，树木也在搬家
靠那些压扁的路，变圆的山
笔直，平庸，可耻的烟？

——甚至枪也从未发射出子弹！

墙可能倾斜，却不会倒塌
烟囱竖立着，只有熏黑的痕迹
书也张开着，再不会合拢
果实留在枝上，不再成熟
时间将只有夜，而没有光线
只有伸进窗口的脸
和来自规则的威胁

啊粉碎了，终于被粉碎了

路，正在经历绝境，坑

终于被填平，粮食

将被更深更深地埋到地下

历史也如石人一般

默默注视灰房子的倒塌……

（1976）

夜

1

谁说夜的感觉是虚假的,你了解夜的结构吗?

当情人俯到对方怀里哭泣的时候,夜,只有夜扶起他们的脸。而我却在向夜接近,并向它的心脏瞄准。正是在这种时候,我的手揭开了罩单,我所揭发的是在旅馆中捉住的夜的私生活。不但是夜,就是诗人代替猫在屋脊上潜行,我也曾向他的背影投击过石块,我听到他压抑的呜咽,也亲眼看到他怎样把自己的粗尾巴,剥制成贵妇人华贵的毛围脖。

2

漱洗室中传来男人粗野的刮脸声。

她又倾听了一会儿,直到那个迟钝的自以为是的声音再次激起她的愤怒。于是,她开始弄脏她的描绘,并把一个晚上的沮丧串联起来。她依次回想消逝中的一切礼物,却再不能把它们集中。倒是许多紫色的在花丛中变甜的东西,捂住了那声叫喊。直到指尖也失去血色,她才默认——那次昏迷简直是商业性的。留着络腮胡子的男人也在事后承认,当时他感到那截木头很沉，像受了潮。

（1977）

给乐观者的女儿

噢，你的情节很正常
正像你订报纸
查阅自己失踪的消息一样
乐观者的女儿
请你，也来影响一下我吧
也为你的花组织一个乐队吧

看，你已经在酒店前面的街上行走
已经随手把零钱丢给行人
还要用同样的仪态问："哦，早晨
早晨向我问候了吗？"
还要用最宠爱别人的手势
指指路旁的花草，指指
被你娇惯的那座城市
正像你在房间中走来走去
经过我，打开窗子
又随手拿起桌上的小东西

噢瞧你，先用脚尖
颤动地板，又做手势
恫吓我什么

如果有可能

还会坚持打碎一样东西

可你一定要等到晚上

再重翻我的手稿

还要在无意中突然感到惧怕

你惧怕思想

但你从不说

你为心情而生活

就是小心翼翼地保护它

但你从不说

我送给你的酒——你浇花了

还要把擦过嘴唇的手帕

塞到我手里，就

满意地走来走去

抚摸一切，想到一切

不经我的许可就向我开口

说出大言不惭的话

你可以使一切都重新开始

你这样相信

你这样相信吧

你就一刻也不再安静

可也并不流露出匆忙

你所做的一切都似是而非

只有你抚摸过的花

它们注定在今晚

不再开放

呵，当你经过绿水洼的时候

你不是闭起眼睛

不是把回忆当做一件礼物

你说你爱昨天古怪的回忆

你不是在向那所房子看呵看呵

看了很久

你可知道

你怀念的是什么

你要把记忆的洞打开

像赶出黄昏的蝙蝠那样

你要在香烟吸尽的一刹那

把电灯扭亮，你要做回忆的主人——

（1977）

图画展览会

他们看守绿色的山脊

召唤初次见到阳光的女人

那冰冷削瘦的乳房

向着解放，羞涩地耸起

他们在麦田中行进

要用火红的感情的颜色

涂画夕阳沉没时

那耀眼的悲剧……

他们向更远的石头进发

为后来的孩子留下诚实的足迹

他们有意让故事停顿

像在路上休息

他们传播最早的情欲

像两个接触在一起的身体

他们强调爱与接近

还有古老的告别……

（1979）

辑二　八十年代

妄想是真实的主人

而我们，是嘴唇贴着嘴唇的鸟儿
在时间的故事中
与人
进行最后一次划分

钥匙在耳朵里扭了一下
影子已脱离我们
钥匙不停地扭下去
鸟儿已降低为人
鸟儿一无相识的人

（1982）

被俘的野蛮的心永远向着太阳

但是间隔啊间隔，完全来自陪伴和抚摸
　　被熟知的知识间隔
　　被爱的和被歧视的
　　总是一个女人
　　成了羞辱我们记忆的敌人

放走，放走能被记住的痛苦
看守，看守并放走这个诺言
　　更弱的更加得到信任
不与时间交换的心永远在童年

每一声叫喊消除一个痛苦
必须，必须培养后天的习惯
更加复杂的人必须提醒我们
　　面对更加深沉的敌人
尤其不能记住得到爱抚的经验
被沟通的只是无足轻重的语言

　　明天，还有明天
　　我们没有明天的经验
明天，我们交换的礼物同样野蛮

敏感的心从不拿明天做交换

被俘的野蛮的心永远向着太阳

　　向着最野蛮的脸——

（1982）

吃肉

真要感谢周身的皮肤，在
下油锅的时候作
保护我的
肠衣

再往我胸脯上浇点儿
蒜汁吧，我的床
就是碟儿
怕我

垂到碟外的头发么？

犹如一张脸对着另一张脸
我瞪着您问您
把一片儿
切得

很薄很薄的带咸味儿的
笑话，夹进了
您的面包
先生：

芥末让我浑身发痒

（1982）

解放被春天流放的消息

打开玫瑰金色的咽喉呵
　　　也不能泄露
永远，永远是一个深奥的字

　　　当然是当然是太阳
　　　笨拙的滚烫的肉体
是帮助声音上升的热情的乐器
在被烈日狂吹的第一声喇叭里

　　　是被鸟儿啄开嘴唇的第一次奇迹

在故事更深更深的信任里
我们每一天种植每一天采摘
使用过田野又拿走它们的秘密
　　　它们被利用的情欲
　　　原是我们每日省去的粮食
　　　可憎的格言的用心
　　　就从那时渗入我们心底
　　　我们被迫交出的容颜
　　　已变成敌人的武器

鸟儿，鸟儿也愿再衔走我们的形象

当记忆的日子里不再有纪念的日子

渴望得到赞美的心同意了残忍的心

喜好吸食酸牛奶的玫瑰变成了好战的玫瑰

　　并且是永远永远地

　　用来广播狠毒

　　已被改写成春天的第一声消息——

（1982）

那是我们不能攀登的大石

那是我们不能攀登的大石

为了造出它

我们议论了六年

我们造出它又向上攀登

你说大约还要七年

大约还要八年

一个更长的时间

还来得及得一次阑尾炎

手术进行了十年

好像刀光

一闪——

（1982）

一致

我们坐着我们并排坐着
我们像没有腿似的坐着
我们与时间是一致的

座椅在六十年内没有改变个性
没有那样的机会
永远没有

"而我们要改变这个语言！"
说完，牙齿就忽然折断
又一起沉默了七十年

类似储藏室中排列的陶罐
罐上的灰土是时间的另一种语言
已存在过上千年。

（1982）

无题

散发着胡椒香气的夜
巴黎的忧郁

从一只黑色的口腔升起
法兰西古老的欲望

像一只骇人的犁
月亮的一角

也翘起来了
好像在汤里

两只假奶
勒紧了巴黎的心

每一粒星星
是一个回城的儿童

"法兰西万岁！"
就像一阵枪声……

（1983）

从死亡的方向看

从死亡的方向看总会看到
一生不应见到的人
总会随便地埋到一个地点
随便嗅嗅，就把自己埋在那里
埋在让他们恨的地点
他们把铲中的土倒在你脸上
要谢谢他们。再谢一次
你的眼睛就再也看不到敌人
就会从死亡的方向传来
他们陷入敌意时的叫喊
你却再也听不见
那完全是痛苦的叫喊！

（1983）

爱好哭泣的女人

房子将正点倒塌
那就由你来哭泣吧
当初我约你一同背过脸去

你非说，大脚的女人，你非说：
"逗逗我，不然
我会从很远很远的地方走来"

我才接着朝高处喊：
"树上的女人
你在眺望什么？"

"眺望我脸上的皱纹"

说完你就邀请我的手
"摸摸我，我不以为那是罪过
摸摸我，不然我会心碎"

我听了大为感动：
"那么，躲在扇子后面的女人
你还想要什么？"

"送我一副好牙齿"

说完，你就把葡萄留下
把核儿退回我的口中
我想，至今我仍在想，这就是为什么

两片鲜红鲜红的嘴唇
至今，仍晾在绳子上
像当初我们分手的时候一样——

（1983）

醒来

窗外天空洁净呀
匣内思想辉煌

一百年内才摇一次头
一千年内才见一回面
红砖墙上的笔迹类似寓言
洁净的嘴唇洁净的语言

快好好地好好地
贴一下我们的脸
就贴那么一会儿时间
洁净的嘴唇洁净的睡眠

枯叶落地伤痕变紫
原来都是一种记忆
我们啊接受唯一的赐予
洁净的睡眠洁净的语言

别召唤就会到来
欲望原是金黄的谷粒
听我说唯一的唯一的

洁净的语言洁净的语言

（1983）

你好，你好

你好你好
向你伸出我的手

和你握手呀
你好你好

把你的手也伸给我
我俩握得死死的

握着人类的发明
你好你好

你好你好
一个美好的微笑

一根弹簧颤抖着
你好你好你好

你好你好你好
我握到了你的手

五粒冰凉的子弹

上面涂满红指甲油

（1983）

登高

度过了想象的震荡

斜阳，存于高处的建筑

重把黄昏的铜臂擦亮

俯瞰人间灯笼冲动地走动

节日，闪耀它的片片红瓦

令记忆的号手昏迷

一万年，就蹲伏在那里：

穿行红色海洋夺目的风暴

到达轨迹的顶点，辉煌

在那里搬运它的劳动

在无限宝藏的重压下

巨笼失火，于一口大笼内焚烧

一日将尽的疲劳

一点一点，一下一下

钟声向四野散开沉寂的长发……

（1983）

一个故事中有他全部的过去

当他敞开遍身朝向大海的窗户
向一万把钢刀碰响的声音投去
一个故事中有他全部的过去
当所有的舌头都向这个声音伸去
并且衔回了碰响这个声音的一万把钢刀
所有的日子都挤进一个日子
因此，每一年都多了一天

最后一年就翻倒在大橡树下
他的记忆来自一处牛栏，上空有一柱不散的烟
一些着火的儿童正拉着手围着厨刀歌唱
火焰在未熄灭之前
一直都在树上滚动燃烧
火焰，竟残害了他的肺

而他的眼睛是两座敌对城市的节日
鼻孔是两只巨大的烟斗仰望天空
女人，在用爱情向他的脸疯狂射击
使他的嘴唇留有一个空隙
一刻，一列与死亡对开的列车将要通过
使他伸直的双臂间留有一个早晨

正把太阳的头按下去

一管无声手枪宣布了这个早晨的来临

一个比空盆子扣在地上还要冷淡的早晨

一阵树林内折断树枝的声响

一根折断的钟锤就搁在葬礼街卸下的旧门板上

一个故事中有他全部的过去

死亡，已成为一次多余的心跳

当星星向寻找毒蛇毒液的大地飞速降临

时间，也在钟表的嘀嗒声外腐烂

耗子，在铜棺的锈斑上换牙

菌类，在腐败的地衣上跺着脚

蟋蟀的儿子在他身上长久地做针线

还有邪恶，在一面鼓上撕扯他的脸

他的体内已全部都是死亡的荣耀

全部都是，一个故事中有他全部的过去

一个故事中有他全部的过去

第一次太阳在很近的地方阅读他的双眼

更近的太阳坐到他的膝上

一个瘦长的男子正坐在截下的树墩上休息

太阳在他的指间冒烟

每夜我都手拿望远镜向那时瞄准

直至太阳熄灭的一刻

一个树墩在他坐过的地方休息

比五月的白菜畦还要寂静

他赶的马在清晨走过

死亡，已碎成一堆纯粹的玻璃

太阳已变成一个滚动在送葬人回家路上的雷

而孩子细嫩的脚丫正走上常绿的橄榄枝

而我的头肿大着，像千万只马蹄在击鼓

与粗大的弯刀相比，死亡只是一粒沙子

所以一个故事中有他全部的过去

所以一千年也扭过脸来——看

（1983）

北方闲置的田野有一张犁让我疼痛

北方闲置的田野有一张犁让我疼痛

当春天像一匹马倒下，从一辆

空荡荡的收尸的车上

一个石头做的头

聚集着死亡的风暴

被风暴的铁头发刷着

在一顶帽子底下

有一片空白——死后的时间

已经摘下他的脸：

一把棕红的胡子伸向前去

聚集着北方闲置已久的威严

春天，才像铃那样咬着他的心

类似孩子的头沉到井底的声音

类似滚开的火上煮着一个孩子

他的痛苦——类似一个巨人

在放倒的木材上锯着

好像锯着自己的腿

一丝比忧伤纺线还要细弱的声音

穿过停工的锯木场穿过

锯木场寂寞的仓房

那是播种者走到田野尽头的寂寞

亚麻色的农妇

没有脸孔却挥着手

向着扶犁者向前弯去的背影

一个生锈的母亲没有记忆

却挥着手——好像石头

来自遥远的祖先……

（1983）

告别

长久地搂抱着白桦树
就像搂抱着我自己
　　满山的红辣椒都在激动我
　　满手的石子洒向大地
　　满树，都是我的回忆……

秋天是一架最悲凉的琴
往事，在用力地弹着：
　　田野收割了
　　无家可归的田野啊
　　如果你要哭泣，不要错过这大好时机

（1983）

当春天的灵车穿过开采硫磺的流放地

当春天的灵车穿过开采硫磺的流放地
　　黎明，竟是绿茵茵的草场中
那点鲜红的血，头颅竟是更高的山峰
　　当站立的才华王子解放了
　　所有伸向天空深处的手指
狂怒的蛇也缠住了同样狂乱的鞭子
　　而我要让常绿的凤凰树听到
　　我在抽打天上常在的敌人

当疾病夺走大地的情欲，死亡
　　代替黑夜隐藏不朽的食粮
犁尖也曾破出土壤，摇动
　　记忆之子咳着血醒来：
　　我的哭声，竟是命运的哭声
当漂送木材的川流也漂送着棺木
　　我的青春竟是在纪念
敞开的雕花棺材那冷淡的愁容

　　当隆冬皇帝君临玫瑰谷
为深秋主持落葬，繁星幽暗的烛火
　　也在为激烈的年华守灵

悲凉的雨水竟是血水

渗入潮汐世代的喧嚣也渗入竖琴

　　世代的哀鸣，当祭日

　　收回夏日娇艳的风貌

装殓岁月的棺木也在装殓青春

　　当我的血也有着知识的血

邪恶的知识竟吞食了所有的知识

　　而我要让冷血的冰雪皇后听到

　　狂风狂暴灵魂的独白：只要

神圣的器皿中依旧盛放着被割掉的角

　　我就要为那只角尽力流血

我的青春就是在纪念死亡。死亡

　　也为死者的脸布施了不死的尊严

（1983）

从死亡的方向看

从死亡的方向看总会看到
一生不应见到的人
总会随便地埋到一个地点
随便嗅嗅，就把自己埋在那里
埋在让他们恨的地点

他们把铲中的土倒在你的脸上
要谢谢他们。再谢一次
你的眼睛就再也看不到敌人
就会从死亡的方向传来
他们陷入敌意时的叫喊
你却再也听不见
那完全是痛苦的叫喊！

（1983）

醒来

窗外天空洁净呀
匣内思想辉煌

一百年内才摇一次头
一千年内才见一回面
红砖墙上的笔迹类似寓言
洁净的嘴唇洁净的语言

快　好好地好好地
贴一下我们的脸
就贴那么一会儿时间
洁净的嘴唇洁净的睡眠

枯叶落地　伤痕变紫
原来都是一种记忆
我们啊　接受唯一的赐予
洁净的睡眠洁净的语言

别召唤　就会到来
欲望原是金黄的谷粒
听我说　唯一的唯一的

洁净的语言洁净的语言

（1983）

爱好哭泣的窗户

在最远的一朵云下面说话
在光的瓷砖的额头上滑行
在四个季节之外闲着

闲着，寂静
是一面镜子
照我，忘记呀

是一只只迷人的梨
悬着，并且抖动：
"来，是你的"它们说

早春，在四个季节中
撕开了一个口子
"是你的，还给你，原来的

一切全都还给你"说着
说着，从树上吐掉了
四只甜蜜的核儿

而太阳在一只盆里游着

游着，水流中的鱼群

在撞击我的头……

（1983）

黎明的枪口余烟袅袅

黎明的枪口余烟袅袅

炉火霞光一夜的音乐，都在做梦

我用细弱的爪子摩擦鹅卵石

夜老鼠也像个儿童

把银白的大地走得沙沙响

噢都在做梦

但是早晨照亮了过去的明镜

一切一切都有了年龄

果园也映红了家庭的门窗

一切一切都有了年龄

但是热情的轮子四季不停

听，我把夜老鼠遍身的小喇叭都撅痛

听，夜老鼠站在列车顶上自豪的歌声：

一个只有幸福的地方

幸福就像木材一样

幸福就像木材一样
噼啪作响

果园也映红了家庭的门窗

（1983）

小叔叔

好多年了，站在大金鱼缸前
凝视自己的脸
他的身体一动不动
两手，在放肆地划水

什么都不说，不问
不回答，也并没有沉默
就像好多年前他有一辆车
有谁让他开，他就喊

好多年来，他想对谁笑一笑
他那不会笑的脸
总像一盒礼物
小叔叔发泄愤怒，就像花钱

十年，二十年，三十年
十扇，百扇，千扇
风，在用力关紧门窗
小叔叔，在数……

（1984）

病人

三年前乐音停止

空指环划过玻璃表面

一小块儿天空

从窗上裁下

讲话

但不再发出声音

话语在窗外散开

看它们它们就变成苹果

声音浸透了果肉

烟，老是想回到冒出它们的地方

三年来在坑里

我栽下了树

有着美丽面孔的人

常在树前站立

看到要讥笑我的人走来

落叶，就把坑覆盖……

（1984）

语言的制作来自厨房

要是语言的制作来自厨房
内心就是卧室。他们说
内心要是卧室
妄想，就是卧室的主人

从鸟儿眼睛表达过的妄想里
摆弄弱音器的男孩子
承认：骚动
正像韵律

不会做梦的脑子
只是一块时间的荒地
摆弄弱音器的男孩子承认
但不懂得：

被避孕的种子
并不生产形象
每一粒种子是一个原因……
想要说出的

原因，正像地址

不说，抽烟的野蛮人

不说就把核桃

按进桌面。他们说

一切一切议论

应当停止——当

四周的马匹是那样安静

当它们，在观察人的眼睛……

（1984）

歌声

歌声，是歌声伐光了白桦林

寂静就像大雪急下

每一棵白桦树记得我的歌声

我听到了使世界安息的歌声

是我要求它安息

全身披满大雪的奇装

是我站在寂静的中心

就像大雪停住一样寂静

就连这只梨内也是一片寂静

是我的歌声曾使满天的星星无光

我也再不会是树林上空的一片星光

（1984）

寿

重温蜜蜂采蜜季节心头的颤动
听到种子的呼吸然后睁开眼睛
奶牛背上的花斑追逐太阳的影子移动
太阳啊，原是上帝的水果
上帝的手就是盛放水果的金篮
——马儿合上幸福的眼睑
好像鱼群看到了渔夫美丽的脸

刚好就是现在的样子：在今年夏天
一列火车被轧断了腿。火车司机
在田野步行。一只西瓜在田野
大冒蒸汽。地里布满太阳的铁钉
一群母鸡在阳光下卖鸡蛋
月亮的光斑来自天上的打字机
马儿取下面具，完全是骨头做的
而天大亮了。谁知道它等待的是什么

一切议论都停止了——来自
古老乳房和七把草杈的教导
睡眠和一些坚硬的食物
马儿粉红色的脑子里：大海涌进窗户

波涛也腐烂了，事物的内脏也投降了

由于没有羞耻的通力
树液细弱的滴落也中断了
大树将把太阳的影子从地里收回
小小的车站依旧摆着昨天的那盘棋

一粒种子回到记忆深处。宇宙
在猎狐人细长的眼睛里
一只橘子的记忆在他额上流血
而他听到了他们的声音
那是他们正在变成水泥的声音……

（1984）

十五岁

播种钢铁的十五岁
熟透的庄稼在放枪

大地被毯子蒙住了头
世界鼓起了一个大包

斗争就是一个大墩布
看不见血可是拼命擦

一个夏天的肚子敞开了
所有小傻瓜的头都昂起来了

世界是个大埋伏
世界是个大婴儿

张开了残忍的眼睛
有时候流血才有开始

有时候开始被用来止血
把新皮鞋踢进树里的十五岁

黑暗攥紧了一个

伸向前去的爪子的尖端——

（1984）

北方的海

北方的海，巨型玻璃混在冰中汹涌
一种寂寞，海兽发现大陆之前的寂寞
土地呵，可曾知道取走天空意味着什么

在运送猛虎过海的夜晚
一只老虎的影子从我脸上经过
——噢，我吐露我的生活

而我的生命没有任何激动。没有
我的生活没有人与人交换血液的激动
如我不能占有一种记忆——比风还要强大

我会说：这大海也越来越旧了
如我不能依靠听力——那消灭声音的东西
如我不能研究笑声

——那期待着大海归来的东西
我会说：靠同我身体同样渺小的比例
我无法激动

但是天以外的什么引得我的注意：

石头下蛋，现实的影子移动

在竖起来的海底，大海日夜奔流

——初次呵，我有了喜悦

这些都是我不曾见过的

绸子般的河面，河流是一座座桥梁

绸子抖动河面，河流在天上疾滚

一切物象让我感动

并且奇怪喜悦，在我心中有了陌生的作用

在这并不比平时更多地拥有时间的时刻

我听到蚌，在相爱时刻

张开双壳的声响

多情人流泪的时刻——我注意到

风暴掀起大地的四角

大地有着被狼吃掉最后一个孩子后的寂静

但是从一只高高升起的大篮子中

我看到所有爱过我的人们

是这样紧紧地紧紧地紧紧地——搂在一起……

（1984）

天亮的时刻

天亮的时刻播种
我们彼此的痛苦：
天，为什么一定要亮？

没人能教会我们
我们有永远学不会的天性

一只冰冷的鸟儿，光的鸟儿
透入屋顶
即将消逝的
将是我们共同的
所有的人
而它，将不再是了

没人能教会我们
我们并不想学会
我们所不爱的
我们所蔑视的
经验，来自无情的海底

——我们从那里来

永远我们在天亮的时刻

害怕，要学会害怕：

被记住的一切

全都闪闪发亮

被再也不会在一起的时光照亮——

（1984）

灌木

我们反复说过的话它们听不见
它们彼此看也不看
表面上看也不看
根

却在泥土中互相寻找
找到了就扭杀
我们中间有人把
这种行为称为：
爱

刚从树丛中爬起来的恋人
也在想这件事儿
他们管它叫：
做爱。

（1985）

什么时候我知道铃声是绿色的

最后一批树叶离开枝干，又一次，冬天显露它的威严。十一月——灰色的钟声敲响了，报告消逝的，永不再来：十年前，冬天把最初的礼物放到橡木桌上——茨维塔耶娃，留下她绣花枕上的温暖，留下她骄傲的惹人心碎的诗行……

十余年过于辛劳的斧声中，它去远。同样的深秋，没有能力召唤忧伤再次进入血液。像苍白的月亮从冬天的山上看到的那样，我已经变成钢铁的大海中一只萎缩的水母。当我徒然地喊着：要保持呵——改变老虎背上斑纹的疯狂！今夜像每夜，坐在桌旁像立在车床旁，我蔑视我的工作：爱的空气已经变得这般稀薄，简直可以扯破！

可我多愿为一个人，在十月宁静的夜里，把枕头哭湿；多愿继续做一个孩子，在做孩子时，我可以变成一匹马……

马蹄声嘚嘚啊，踏过马珍爱的影子，那是它们从与人类的友谊中驰开的声响……

什么时候，我只是属于自己的了——什么时候，这个想法看管着我？类似一只船在鱼腹中的情景：你，还在反对自己吗？你，这个现实当中的你——还能够被你接受吗？普拉斯走入水中之时，梦的意义依然是隐蔽。那是更多一点自由回到我们心中，我们便受不了的感觉。

思考开始逃避思想，混乱在大出血：如我不能面对自己，别处的真实是没有的。

别帮助自己，以看到心的无限大——那小小的魔术，我的骄傲，永远，永远乘在神奇的车上，叶赛宁、艾吕雅、德斯诺斯、洛尔迦，当我想到，我们正在他们头顶上走路，我们的一生就是为了到达这样一个开始。

当贪心的朋友们愿望活到九十岁，以露出晚年艺术家头上那块辉煌的秃顶，我想起我厌恶的，那些认识了没有带来狂喜的，那些倾向于记住——而记住的又是多么无力。于是，我自责：总是，总是没有到达过一个开始，增加的就永远是已有的。

正是出于迟迟没有到达的原因，我们才继续朝前走，可只要一走——就永远不会到达了……

没有这样的烦恼，我们不能活下去。

十一月的黑地里，豆子破壳的声响影响月亮的边缘微微颤动，听到书卷有益地翻动，我欣慰：人们在工作啊……

（1985）

马

灰暗的云朵好像送葬的人群
牧场背后一齐抬起了悲哀的牛头

孤寂的星星全都搂在一起
好像暴风雪

骤然出现在祖母可怕的脸上
噢，小白老鼠玩耍自己双脚的那会儿

黑暗原野上口咳血疾驰的野王子
旧世界的最后一名骑士

——马
一匹无头的马，在奔驰……

（1985）

技

百年来日暮每日凝聚的一刻
夕阳古老的意志沿着红墙移下
改造黄金——和锈穿红铜的努力啊

使得时间的飞逝，有如词语
浅浅地播洒过虚无，"静"
在一块高地上倾斜
——一阵铁的腥气

废墟，有如无言的词语

经历无言
蛇形地图蜿蜒
低音花朵颤抖，毛线图案斑斓

时钟王国矗立，有如可憎的寓言：

静寂的大雪百年未停
茫茫世界供我们战栗
从眷恋夕阳的铅皮屋顶站起
阅读，发生了奇迹——

崇高，即无言的凝视：

彩色石廊展现，河水丈量着河床

巨蟒纹身

挣脱豹眼中的图像

心力，聚敛秋果成熟的辉煌……

（1985）

死了。死了十头

又多了十头。多了
十头狮子

死后的事情：不多
也不少——刚好

剩下十条僵硬的
舌头。很像五双

变形的木拖鞋
已经生锈

的十根尾巴
很像十名兽医助手

手中的十根绳子
松开了。张开了

做梦的二十张眼皮：
在一只澡盆里坐着

十头狮子，哑了
但是活着。但是死了

——是十头狮子
把一个故事

饿死了。故事
来自讲故事

的十只
多事的喉咙。

（1985）

告别

倾听午夜大海辽阔的沉寂
我的额头，冷静得像冬天的暴风雪

两千匹红布悬挂桅杆
大船，满载黄金般平稳

当朝阳显现一个城市骄傲的轮廓
你们留下我，使我成为孤独的一部分

风，我看到飞舞的落叶，梨子
全都悬挂成一线，果实离开枝头的夜晚

众多的星星化成了铅水
午夜的太阳，像一只金碗裂开

为了挽留被你们带走的
黑色的阳光拖着巨大的翅膀

为使遥远的不再安静
我的祝福将永远留在路程上

送别不是驶往故乡的人们啊，沉思

冲击着脑海，我听到冲击着大海的波涛……

（1985）

春之舞

雪锹铲平了冬天的额头
树木
我听到你嘹亮的声音

我听到滴水声，一阵化雪的激动
太阳的光芒像出炉的钢水倒进田野
它的光线从巨鸟展开双翼的方向投来

巨蟒，在卵石堆上摔打肉体
窗框，像酗酒大兵的嗓子在燃烧
我听到大海在铁皮屋顶上的喧嚣

啊，寂静
我在忘记你雪白的屋顶
从一阵散雪的风中，我曾得到过一阵疼痛

当田野强烈地肯定着爱情
我推拒春天的喊声
淹没在栗子滚下坡的巨流中

我怕我的心啊

我在喊：我怕我的心啊

会由于快乐，而变得无用！

（1985）

冬夜的天空

四只小白老鼠是我的床脚
像一只篮子我步入夜空
穿着冰鞋我在天上走

那么透明，响亮
冬夜的天空
比聚敛废钢铁的空场还要空旷

雪花，就像喝醉酒的蛾子
斑斑点点的村庄
是些埋在雪里的酒桶

"谁来搂我的脖子啊！"
我听到马
边走边嘀咕

"咯嚓咯嚓"巨大的剪刀开始工作
从一个大窟窿中，星星们全都起身
在马眼中溅起了波涛

噢，我的心情是那样好

就像顺着巨鲸光滑的脊背抚摸下去

我在寻找我住的城市

我在寻找我的爱人

踏在自行车镫上的那两只焦急的香蕉

让木材

留在锯木场做它的噩梦去吧

让月亮留在铁青的戈壁上

磨它的镰刀去吧

不一定是从东方

我看到太阳是一串珍珠

太阳是一串珍珠，在连续上升……

（1985）

火光深处

忧郁的船经过我的双眼

从马眼中我望到整个大海

一种危险吸引着我——我信

分开海浪，你会从海底一路走来

陆上，闲着船无用的影子，天上

太阳烧红最后一只铜盘

然后，怎样地，从天空望到大海

——一种眩晕的感觉

好像月亮巨大的臀部在窗口滚动

除我无人相信

如果我是别人

会发现我正是盲人：

当一个城市像一位作家那样

把爱好冒险的头颅放到钢轨上

钢轨一直延伸到天际

像你——正在路程上

迎着朝阳抖动一件小衣裳

光线迷了你的双眼呵，无人相信

我，是你的记忆

我是你的爱人

在一个坏天气中我在用力摔打桌椅

大海倾斜，海水进入贝壳的一刻

我不信。我汲满泪水的眼睛无人相信

就像倾斜的天空，你在走来

总是在向我走来

整个大海随你移动

噢，我再没见过，再也没有见过

没有大海之前的国土……

（1985）

北方的声音

许多辽阔与宽广的联合着，使用它的肺
它的前爪，向后弯曲，卧在它的胸上
它的呼吸，促进冬天的温暖
可它更爱使用严寒——

我，是在风暴中长大的
风暴搂着我让我呼吸
好像一个孩子在我体内哭泣
我想了解他的哭泣像用耙犁耙我自己
粒粒沙子张开了嘴
母亲不让河流哭泣
　　　　可我承认这个声音
　　　　可以统治一切权威！

一些声音，甚至是所有的
都被用来埋进地里
我们在它们的头顶上走路
它们在地下恢复强大的喘息
没有脚也没有脚步声的大地
也隆隆走动起来了
　　　　一切语言

都将被无言的声音粉碎!

（1985）

里程

一条大路吸引令你头晕的最初的方向

那是你的起点。云朵包住你的头

准备给你一个工作

那是你的起点

那是你的起点

当监狱把它的性格塞进一座城市

砖石在街心把你搂紧

每年的大雪是你的旧上衣

天空，却总是一所蓝色的大学

天空，那样惨白的天空

刚刚被拧过脸的天空

同意你笑，你的胡子

在匆忙地吃饭

当你追赶穿越时间的大树

金色的过水的耗子，把你梦见：

你是强大的风暴中一粒卷曲的蚕豆

你是一把椅子，属于大海

要你在人类的海边，从头读书

寻找自己，在认识自己的旅程中

北方的大雪，就是你的道路

肩膀上的肉，就是你的粮食

头也不回的旅行者啊

你所蔑视的一切，都是不会消逝的

（1985）

舞伴

一只羞涩的小动物
在你嗓子里说话
一个小小的感觉
你的指尖
在我背上划着
哎，对他们的注意
让我的感觉过时了：

你压抑的小模样
让我想起一个男孩子
你俩互相看
我就忽然衰老……

（1985）

是

是　黎明在天边糟蹋的

一块多好的料子

是黑夜与白昼

互相占有的时刻

是曙光　从残缺的金属大墙背后

露出的残废的　脸

　　　我爱你

　　　我永不收回去

是　炉子倾斜　太阳崩溃在山脊

孤独奔向地裂

是风

一个盲人邮差　走入地心深处

它绿色的血

抹去了一切声音　我信

它带走的名字：

　　　我爱你

　　　我永不收回去

是昔日的歌声　一串瞪着眼睛的铃铛

是河水的镣铐声

打着小鼓

是你的蓝眼睛两个太阳
从天而降
　　　我爱你
　　　我永不收回去

是两把锤子　轮流击打
来自同一个梦中的火光
是月亮　重如一粒子弹
把我们坐过的船压沉
是睫毛膏　永恒贴住
　　　我爱你
　　　我永不收回去

是失去的一切
肿胀成河流
是火焰　火焰是另一条河流
火焰　永恒的钩子
钩爪全都向上翘起
是火焰的形状
碎裂　碎在星形的
伸出去　而继续燃烧的手指上是

我爱你
我永不收回去

（1985）

十月的天空

十月的天空浮现在奶牛痴呆的脸上
新生的草坪俯向五月的大地哭诉
手抓泥土堵住马耳,听
黑暗的地层中有人用指甲走路

同样地,我的五指是一株虚妄的李子树
我的腿是一只半跪在泥土中的犁
我随铁铲的声响一道
努力

把呜咽埋到很深很深的地下
把听觉埋到呜咽的近旁:
就在棺木底下
埋着我们早年见过的天空

稀薄的空气诱惑我:
一张张脸,渐渐下沉
一张张脸,从旧脸中上升
斗争,就是交换生命

向日葵眉头皱起的天际灰云滚滚

多少被雷毁掉的手，多少割破过风的头

入睡吧，田野，听

荒草响起了镀金的铃声……

（1986）

哑孩子

那男人的眼睛从你脸上

往外瞪着瞪着那女人

抓着墙壁抓着它的脸

用了生下一个孩子的时间

你的小模样

就从扇贝的卧室中伸出来了

那两扇肉门红扑扑的

而你的身体

是锯

暴力摇撼着果树

哑孩子把头藏起

口吃的情欲玫瑰色的腋臭

留在色情的棺底

肉做的绸子水母的皮肤

被拉成一只长筒丝袜的哀号

哑孩子喝着喝着整个冬天的愤怒：

整夜那男人烦躁地撕纸

整夜他骂她是个死鬼！

（1986）

关怀

早晨，一阵鸟儿肚子里的说话声

把母亲惊醒。醒前（一只血枕头上

画着田野怎样入睡）

鸟儿，树权翘起的一根小拇指

鸟儿的头，一把金光闪闪的小凿子

嘴，一道铲形的光

翻动藏于地层中的蛹：

"来，让我们一同种植

　　　世界的关怀！"

鸟儿用童声歌唱

用顽固的头研究一粒果核

（里面包着永恒的饥饿）

这张十六岁的鸟儿脸上

两只恐怖的黑眼圈

是一只倒置的望远镜

从中射来粒粒粗笨的猎人

——一群摇摇晃晃的大学生

背包上写着：永恒的寂寞。

从指缝中察看世界，母亲

就在这时把头发锁入柜中

一道难看的闪电扭歪了她的脸

（类似年轮在树木体内沉思的图景）

大雪，摇着千万只白手

正在降下，雪道上

两行歪歪斜斜的足迹

一个矮子像一件黑大衣

正把肮脏的田野走得心烦意乱……

于是，猛地，从核桃的地层中

从一片麦地

我认出了自己的内心：

一阵血液的愚蠢的激流

一阵牛奶似的抚摸

我喝下了这个早晨

我，在这个早晨来临。

（1986）

墓碑

北欧读书的漆黑的白昼

巨冰打扫茫茫大海

心中装满冬天的风景

你需要忍受的记忆，是这样强大

倾听大雪在屋顶庄严的漫步

多少代人的耕耘在傍晚结束

空洞的日光与灯内的寂静交换

这夜，人们同情死亡而嘲弄哭声：

    思想，是那弱的

    思想者，是那更弱的

整齐的音节在覆雪的旷野如履带辗过

十二只笨鸟，被震昏在地

一个世纪的蠢人议论受到的惊吓：

一张纸外留下了田野的图画。

披着旧衣从林内走出，用

打坏的田野捂住羞恨的脸

你，一个村庄里的国王

独自向郁闷索要话语

向你的回答索要。

（1986）

字

它们是自主的
互相爬到一起
对抗自身的意义
读它们它们就厮杀
每天早晨我生这些东西的气
我恨这已经写就的
简直就是他写的

我做过的梦
是从他脑袋里漏走的煤气
一种镇静，拔掉了
最后一颗好牙后的镇静
在他脸上颤抖
像个忘记输血的病人
他冲出门去
他早就瞧不起自己。

（1986）

搬家

冬日老鼠四散溜冰的下午

我作出要搬家的意思

我让钉子闲着

画框，装进雪橇

书桌，搬到田野的中央

我没发觉天边早就站满了人

每个人的手是一副担架的扶手

他们把什么抬起来了——大地的肉

像金子一样抖动起来了，我没发觉

四周的树木全学我的样儿

上身穿着黑衣

下身，赤裸的树干上

写着：出售森林。

（1986）

愿望

坐在城市的一隅

坐在这里

坐在你的左脚上

坐在你最小的脚趾上

坐在这粒趾甲的最尖端

                       用

跪着的玻璃膝盖滑行

我

是玻璃的液体，虚无的酒精空气

透明的脂肪中显现的蓝色骨骼

我是，我是凌晨三点钟一只抽搐的椅子

                            腿

我用幻觉向你接近

用缺陷测量你

用我的病手，那五瓣玫瑰

全都打了麻药

用眼睛，那方形伤口

的入口：无知把我扔了进去

两根绳子互相勒住

两把钥匙互相开锁

两只钟表吸收对方的时间

还有

还有你那闪闪发亮的三十二颗牙啊
更加无知的把我扔了进去
愿望，把更强烈的喝了下去
疾病，比治病更让人兴奋！

                          "但是

别

站在大沙漠搓手了！"
你的声音从远古传来
你的睫毛如野草入睡
你的黑眉毛是剪刀伸向扁豆枝的光亮
手指是十名青年紧紧搂抱，你是
你是一支颈上扎着红丝绸的小提琴
        "不准疲倦！"
你是一个护士，静静地你看护大海
你是我的爱人，你的呼吸微弱而久长

在

鸟儿粉红色的爪子互相握到一起的一刻
一刻，只有一刻，恰恰在这一刻
一个影子进入另一个影子
你是一面镜子映出的千万面镜子
也许是你和我，也许是我和谁，也许
恰恰是两个最年轻的舞蹈家
                      决定
    用脚尖继续支撑这个世界！

（1986）

风车

永恒的轮子到处转着

我是那不转的

像个颓废的建筑瘫痪在田野

我，在向往狂风的来临：

那些比疼痛还要严重的

正在隆隆走来，统治我的头顶

雷电在天空疾驰着编织

天空如石块，在崩溃后幻想

尾巴在屁股上忙乱着

牛羊，挤成一堆逃走

就是这些东西，堆成了记忆

让我重把黑暗的呼啸

搂向自己……

而，我们的厄运，我们的主人

站在肉做的田野的尽头

用可怕的脸色，为风暴继续鼓掌——

（1986）

你爱这叮当作响的田野吗

把肉体交付驰向暗夜的马
用裸露阻挡长夜的流逝
调整着播种者的步幅
犁头，迸出火花

我的形象
在那时飞速涌入

在锯木人把黎明劈成两半的时刻

尖锐的牛角抵住岩石的伤口
你的眼睛接纳了整个夜晚
我的话语融化在你口中
两片嘴唇将天空愈合

那片倒伏的麦地
继续着我们的生存……

（1986）

中选

一定是在早晨。镜中一无所有，你回身
旅馆单间的钥匙孔变为一只男人的假眼
你发出第一声叫喊

大海，就在那时钻入一只海蛎
于是，突然地，你发现，已经置身于
一个被时间砸开的故事中

孤独地而又并非独自地
用无知的信念喂养
一个男孩儿

在你肚子中的重量
呼吸，被切成了块儿
变成严格的定量

一些星星抱着尖锐的石头
开始用力舞蹈
它们酷似那男人的脸

而他要把它们翻译成自己未来的形象

于是，你再次发出一声叫喊
喊声引来了医生

耳朵上缠着白纱布
肩膀上挎着修剪婴儿睫毛的药械箱
埋伏在路旁的树木

也一同站起
最后的喊声是：

　　　"母亲青春的罪！"

（1987）

授

威士忌在昏暗的脑袋里酗酒，帮我
挖开了我的睡眠：
置身一场盲人梦到的大雪
父亲，我梦到了梦的源头。

梦，是一个农夫站定
金属的马粪堆成了道路
多余的黑云从头发间长出
用灌了铅的脚踩着，踩着脚底的重量
——里程，被勒紧了
我，被牵着，向
桦树皮保留的一个完整的人形——扑去
父亲，另一个人生在开始。

父亲，那是同一个人生。
靠手在墙上的涂抹前进
死人的脚，在空气中走上走下
脚印被砌进墙里
先从男人开始，奶水
就是呜咽的开始
父亲，我听到他们没羞的哭声

就来自云的人形大悲悼。哭声是：

"在你的遗忘中，我们已经有了年龄。"

树木倦于悲悼。死人

把它们围在当中。死人的命令是：

　　"继续悲悼。"

（1987）

我姨夫

当我从茅坑高高的童年的厕所往下看
我姨夫正与一头公牛对视
在他们共同使用的目光中
我认为有一个目的：
让处于阴影中的一切光线都无处躲藏！

当一个飞翔的足球场经过学校上方
一种解散现实的可能性
放大了我姨夫的双眼
可以一直望到冻在北极上空的太阳
而我姨夫要用镊子——把它夹回历史

为此我相信天空是可以移动的
我姨夫常从那里归来
迈着设计者走出他的设计的步伐
我就更信：我姨夫要用开门声
关闭自己——用一种倒叙的方法

我姨夫要修理时钟
似在事先已把预感吸足
他所要纠正的那个错误

已被错过的时间完成：

我们全体都因此沦为被解放者！

至今那闷在云朵中的烟草味儿仍在呛我

循着有轨电车轨迹消失的方向

我看到一块麦地长出我姨夫的胡子

我姨夫早已系着红领巾

一直跑出了地球——

（1988）

1986 年 6 月 30 日

横跨太平洋我爱人从美国传信来：
"那片麦子死了——连同麦地中央的墓地"

这是一种手法——等于
往一个男人屁股上多踢了一脚

就算盖了邮戳
一共 44 美分

这景象背后留有一道伏笔
譬如，曼哈顿一家鞋店门口有一幅标语：

"我们来自不同的星球"
或者，一块从费城送往辛辛那提的

三种肤色的生日蛋糕上写的：
"用一个孩子愈合我们之间的距离"

这景象背后再无其他景象
唯一的景象是在旧金山：

从屁股兜里摸出

一块古老的东方的猪油肥皂

一个搀扶盲人过街的水手

把它丢进了轰鸣的宇宙。

（1988）

故土

从外祖父颅内储存的沙
不断对我说话，从
说净的每一次
储埋我的沙：

身上压着三张牌
陪伴者，全用膝头行走
被陪伴的，用肘……
人的重量已被卸下
卸到这里，又带走这里

队伍，在锅里膨胀
写作，投入积蓄
度假地紧挨皮革厂
台球桌，已是另一张地图……

（1988）

奶奶

八月的庭院，静得像擦过一样
和着缓缓转动的纺锤
心事，全都织进去
"世上的一切啊……"

故事，让后院的马蹄放慢
马耳，像喇叭一样张开

"是谁的错呢？"
奶奶问那匹马
是她汉子从市场牵来马儿它妈
又亲手把它宰了
马头在墙角搁了整整三天
如今，汉子也埋在三里外的林子里

"为了埋他啊……"
为了埋他，乡亲们整整砍了三天树
如今他还能看到那口新漆过的棺材
日头把它映得红彤彤的

"那不是，他又回来啦！"

指着墙上的月影，奶奶惊动着自己

随手把板凳朝鼠影投去

那把结实的橡木凳伤痕累累

强壮的汉子用它打女人

一打就打了四十年

庄稼火红的胡须从墙头伸进来了

纺车继续转着天黑的时刻

天亮的时刻……

（1988）

笨女儿

在漆黑的夜里为母亲染发，马蹄声
近了。母亲的棺材
开始为母亲穿衣
母亲的鞋，独自向树上爬去
留给母亲的风，像铁一样不肯散开
母亲的终结
　　　　意味着冬天
　　　　从仇恨中解体

冬天，已把它的压力完成
马蹄声，在响亮的铁板上开了花
在被雪擦亮的大地之上，风
说风残忍
意味着另一种残忍，说
逃向天空的东西
被麻痹在半空
意味着母亲的一生
只是十根脚趾同时折断
说母亲往火中投着木炭
就是投着孩子，意味着笨女儿
同情炉火中的灰烬

说这就是罪，意味着

"我会再犯！"

（1988）

1988年2月11日
——纪念普拉斯

1

这住在狐皮大衣里的女人
是一块夹满发夹的云

她沉重的臀部，让以后的天空
有了被坐弯的屋顶的形状

一个没有了她的世界存有两个孩子
脖子上坠着奶瓶

已被绑上马背。他们的父亲
正向马腹狠踢临别的一脚：

"你哭，你喊，你止不住，你
就得用药！"

2

用逃离眼窝的瞳仁追问："那列
装满被颠昏的苹果的火车，可是出了轨？"

黑树木毫无表情，代替风
阴沉的理性从中穿行

"用外省的口音招呼它们
它们就点头？"天空的脸色

一种被辱骂后的痕迹
像希望一样

静止。"而我要吃带尖儿的东西！"
面对着火光着身子独坐的背影

一阵解毒似的圆号声——永不腐烂的神经
把她的理解啐向空中……

（1988）

通往父亲的路

坐弯了十二个季节的椅背，一路
打肿我的手察看麦田
冬天的笔迹，从毁灭中长出

有人在天上喊："买下云
投在田埂上的全部阴影！"
严厉的声音，母亲

的母亲，从遗嘱中走出
披着大雪
用一个气候扣压住小屋

屋内，就是那块著名的田野：
长有金色睫毛的倒刺，一个男孩跪着
挖我爱人："再也不准你死去！"

我，就跪在男孩身后
挖我母亲："决不是因为不再爱！"
我的身后跪着我的祖先

与将被做成椅子的幼树一道

升向冷酷的太空

拔草。我们身后

跪着一个阴沉的星球

穿着铁鞋寻找出生的迹象

然后接着挖——通往父亲的路……

（1988）

北方的土地

总是数着脉搏，目送河流远去
总是依着木桌，思念大雪
斧声和劈出木柴的蝗虫
总是在触到过冬的冻土，脚
就认定，我属于这里
我属于这里，我记录，我测量，我饲喂
仪器以生肉，我认定：这里，在这里
　　总是在这里——

在，一个石头王国背向阳光屹立的国度
在，一个大打麦场，一个空空的放假的教室
在，大雪从天空的最深处出发之前
五十朵坏云，经过摘棉人的头顶
一百个老女人，向天外飞去
一千个男孩子，站在天边撒尿
一亿个星球，继续荒凉着
一个世纪了——

祖先阴沉的脸色，遮暗了排排石像
石头们，在彼此的距离间安放
桦树林内，吊着件件黑呢大衣

麦穗上，系着收割妇的红头巾

　　季节，季节

用永不消逝的纪律

把我们种到历史要去的路上——

总是在这个季节，在多余的季节

冬天的阅读，放慢了，田野的书页

不再翻动，每个读书人的头

都陷入了隐秘——得到公开后的激动

　　北方的土地

你的荒凉，枕在挖你的坑中

你的记忆，已被挖走

你的宽广，因为缺少哀愁，

而枯槁，你，就是哀愁自身

　　你在哪里，哪里就有哀愁

从，那块失败的麦地的额角

七十亩玉米地，静寂无声

比草更弱的，你已不再能够听见

你要对自己说的，继续涌出：

　　　　"那是你们的福音……"

（1988）

九月

九月，盲人抚摸麦浪前行，荞麦
发出寓言中的清香
——二十年前的天空

滑过读书少年的侧影
开窗我就望见，树木伫立
背诵记忆：林中有一块空地

揉碎的花瓣纷纷散落
在主人的脸上找到了永恒的安息地
一阵催我鞠躬的旧风

九月的云朵，已变为肥堆
暴风雨到来前的阴暗，在处理天空
用擦泪的手巾遮着

母亲低首割草，从裁缝埋头工作
我在傍晚读过的书
再次化为黑沉沉的土地……

（1988）

钟声

没有一只钟是为了提醒记忆而鸣响的
可我今天听到了
一共敲了九下
不知还有几下
我是在走出马棚时听到的
走到一里以外
我再次听到：
"什么时候，在争取条件的时候
增加了你的奴性？"

这时候，我开始嫉恨留在马棚中的另一匹
这时候，有人骑着我打我的脸

（1988）

大树

看到那把标有价格的斧子了吗?

你们这些矮树

穿着小男孩儿的短裤

那些从花朵中开放出来的声音

一定伤透了你们的心:

    "你们的伤口

      过于整齐。"

你们听到了,所以你们怕

你们怕,所以你们继续等待

等待大树做过的梦

变成你们的梦话:

    "大树,吃母亲的树

      已被做成了斧柄。"

（1988）

阿姆斯特丹的河流

十一月入夜的城市
唯有阿姆斯特丹的河流

突然

我家树上的橘子
在秋风中晃动

我关上窗户，也没有用
河流倒流，也没有用
那镶满珍珠的太阳，升起来了

也没有用
鸽群像铁屑散落
没有男孩子的街道突然显得空阔

秋雨过后
那爬满蜗牛的屋顶
——我的祖国

从阿姆斯特丹的河上，缓缓驶过……

（1989）

居民

他们在天空深处喝啤酒时，我们才接吻
他们歌唱时，我们熄灯
我们入睡时，他们用镀银的脚趾甲
走进我们的梦，我们等待梦醒时
他们早已组成了河流

在没有时间的睡眠里
他们刮脸，我们就听到提琴声
他们划桨，地球就停转
他们不划，他们不划

我们就没有醒来的可能

在没有睡眠的时间里
他们向我们招手，我们向孩子招手
孩子们向孩子们招手时
星星们从一所遥远的旅馆中醒来了

一切会痛苦的都醒来了

他们喝过的啤酒，早已流回大海

那些在海面上行走的孩子

全都受到他们的祝福：流动

流动，也只是河流的屈从

用偷偷流出的眼泪，我们组成了河流……

（1989）

走向冬天

树叶发出的声音，变了
腐烂的果核，刺痛路人的双眼

昔日晾晒谷粒的红房屋顶上
小虫晶亮的尸首，堆积成秋天的内容

秋意，在准备过冬的呢大衣上刷着
菌类，已从朽杯的棺木上走向冬天

阳光下的少年，已变得丑陋
大理石父母，高声哭泣

水在井下经过时
犁，已死在地里

铁在铁匠手中弯曲时
收割人把弯刀搂向自己怀中

结伴的送葬人走得东摇西晃
五月麦浪的翻译声，已是这般久远

树木，望着准备把她们嫁走的远方

牛群，用憋住粪便的姿态抑制天穹的移动……

（1989）

在英格兰

当教堂的尖顶与城市的烟囱沉下地平线后
英格兰的天空，比情人的低语声还要阴暗
两个盲人手风琴演奏者，垂首走过

没有农夫，便不会有晚祷
没有墓碑，便不会有朗诵者
两行新栽的苹果树，刺痛我的心

是我的翅膀使我出名，是英格兰
使我到达我被失去的地点
记忆，但不再留下犁沟

耻辱，那是我的地址
整个英格兰，没有一个女人不会亲嘴
整个英格兰，容不下我的骄傲

从指甲缝中隐藏的泥土，我
认出我的祖国——母亲
已被打进一个小包裹，远远寄走……

（1989–1990）

看海

看过了冬天的海，血管中流的一定不再是血
所以做爱时一定要望着大海
一定地你们还在等待
等待海风再次朝向你们
那风一定从床上来

那记忆也是，一定是
死鱼眼中存留的大海的假象
渔夫一定是休假的工程师和牙医
六月地里的棉花一定是药棉
一定地你们还在田间寻找烦恼
你们经过的树木一定被撞出了大包
巨大的怨气一定使你们有与众不同的未来
因为你们太爱说一定
像印度女人一定要露出她们腰里的肉

距离你们合住的地方一定不远
距离唐人街也一定不远
一定会有一个月亮亮得像一口痰
一定会有人说那就是你们的健康
再不重要地或更加重要地，一定地

一定地它留在你们心里

就像英格兰脸上那块傲慢的炮弹皮

看海一定耗尽了你们的年华

眼中存留的星群一定变成了煤渣

大海的阴影一定从海底漏向另一个世界

在反正得有人死去的夜里有一个人一定得死

虽然戒指一定不愿长死在肉里

打了激素的马的屁股却一定要激动

所以整理一定就是乱翻

车链掉了车蹬就一定踏得飞快

春天的风一定像肾结石患者系过的绿腰带

出租汽车司机的脸一定像煮过的水果

你们回家时那把旧椅子一定年轻，一定地

（1989–1990）

辑三　九十年代

冬日

黄昏最后的光辉温暖着教堂的尖顶
教堂内的炉火，已经熄灭
呵，时日，时日

我寻找我失落的
并把得到的，放走
用完了墓碑上的字

我闲荡在人间
广大的天地，永恒的父母
祈告，从心头升起

沉默，和声音以外的
融进了与冬天的交流：
风，是孤独的骑马人

云朵，是一堆堆大笑的乡下新娘
十二月神奇的心跳
只是一阵陈旧的朗读……

（1990）

葬母

　　蜜从教堂的窗口倾下，一万只野蜂滚成的球构成了夕阳最后的缺陷。

　　老妇人不断听到并重复这如诗的语言，但不知此刻自己身在何处。

　　而她惦念着刚才有过的事实：教堂，送葬的人群，她那尚年轻的儿子（不少人的目光都曾停留在他抽泣的背上），男人们交叉着手，穿着深色的西装；女人中有一个因戴了一副粉色的头巾，又在不合时宜的感受中把它取下攥在手里，人们垂首或愿望，静静等待土块落下，落到老妇人脸上（僵硬的化过妆的脸），那是她与土地成为一体的开始，而她坚持睁大眼睛，在夕阳无力地下沉之前等待什么从天而降或破土而出，她没有把握，可她坚信——在金光四射的夕阳的教堂窗口曾经探出过一架摄像机，它将把这一切记录。

　　这里有一座新坟，内中放有一具棺木，盛放着老妇人。这新坟与旧坟连成一片，构成一片墓地。

　　于是老妇人顺从地躺在棺底，双手合十，双眼睁开。在此之前，棺盖早被钉死，棺木曾被置于一个超长型的黑色的尾巴带鳍的汽车中，那汽车更加紧闭嘴巴，绝不透露任何信息。老妇人只有透过棺木才能仰望天空，但无论是云还是闪电或是风暴都不做任何记录，它们只是与她互相对视而已。这才是从教堂的窗口探出摄影师因眯缝眼睛而扭歪了脸的原因。

老妇人的脚抽搐了一下。她没穿过这双新皮革。这鞋是人们强加给她的，而她将长久地躺下去，而不能用走路去克服这鞋子丑陋而时髦的形状。老妇人的鼻孔最后抽搐了一下，从那时起，四周一切的花香都消逝了。老妇人手背上的黑斑与泥土有了同样的色素。

老妇人死于土地属于田野的时代。

教堂的门口曾挂有一块牌子：教堂内禁止摄影。

摄影师曾经做出过一个手势，意思是：从教堂内向外拍照应当被允许。

从照相术被发明后，文字与图像互相翻译的愚蠢的工作就有了开始而不再有终结，因此我请求允许这张照片被翻译成目前的这个样子：

老妇人的身体早已变成了一堆碎石。她的儿子，被宣告成一个细小如蚊的人形，被末日。而他站在一个石头做的头上，替那无嘴的头宣告——语言已被废弃成那道最后投射在山顶上的光。她做出戏剧性的手势仅仅在强调：缄默，是真正的记录者，因此，在这荒芜的所在，在这毫无生殖力的地点，唯有碎石存留着某种气味（而这不是能由照片提示的），那是从人类双腿间散发出来的同等的气味。

"不知多久以前，这个地点被叫作'中东'。"

老妇人梦到了她的现在。

（1990）

177

地图

夜半，有人在窗外诱惑你

烟蒂，像蚕一样爬动起来

桌上，一杯水也动荡起来

你拉开抽屉，里面有一场下了四十年的大雪

一个声音，谁的声音，问：天空就是地图？

你认出呐喊者乌黑的嘴唇

你认出他

正是你，是那个旧你

你认出你的头

正从病院窗口被远远地咳出去——

遥远的地平线上，铁匠和钉子一起移动

救火的人挤在一枚邮票上

正把大海狂泼出去

一些游泳者在水中互相泼水

他们的游泳裤是一些面粉袋

上面印着：远离祖国的钉子们

一阵辛辣的气味

你嗅到风暴最初的信息

像云一样，你循着肉钩荡出肉店的后窗
你身后，有一条腿继续搁在肉案上
你认出那正是你的腿
因你跨过了那一步。

（1990）

过海

我们过海，而那条该死的河
该往何处流？

我们回头，而我们身后
没有任何后来的生命

没有任何生命
值得一再地复活？

船上的人，全都木然站立
亲人们，在遥远的水下呼吸

钟声，持续地响着
越是持久，便越是没有信心

对岸的树像性交中的人
代替海星、海贝和海葵

海滩上散落着针头、药棉
和阴毛——我们望到了彼岸？

所以我们回头，像果实回头
而我们身后——一个墓碑

插进了中学的操场
唯有，唯有在海边哭孩子的妇人

懂得这个冬天有多么的漫长：
没有死人，河便不会有它的尽头⋯⋯

（1990）

他们

手指插在裤袋里玩着零钱和生殖器
他们在玩成长的另一种方法

在脱衣舞女撅起的臀部间
有一个小小的教堂，用三条白马的腿走动起来了

他们用鼻子把它看见
而他们的指甲将在五月的地里发芽

五月的黄土地是一堆堆平坦的炸药
死亡模拟它们，死亡的理由也是

在发情的铁器对土壤最后的刺激中
他们将成为被牺牲的田野的一部分

死人死前死去已久的寂静
使他们懂得的一切都不再改变

他们固执地这样想，他们做
他们捐出了童年

使死亡保持完整

他们套用了我们的经历。

（1991）

早晨

是早晨或是任何时间，是早晨
你梦到你醒了，你害怕你醒来
所以你说：你害怕绳子，害怕脸
像鸟儿的女人，所以你梦到你父亲
说鸟儿语，喝鸟儿奶
你梦到你父亲是个独身者
在偶然中而不是在梦中
有了你，你梦到你父亲做过的梦
你梦到你父亲说：这是死人做过的梦

你不相信但你倾向于相信
这是梦，仅仅是梦，是你的梦：
曾经是某种自行车的把手
保持着被手攥过的形状
现在，就耷拉在你父亲的小肚子上
曾经是一个拒绝出生的儿子
现在就是你，正爬回那把手
你梦到了你梦中的一切细节
像你父亲留在地下的牙，闪着光
笑你，所以你并不是死亡
只是其中一例：你梦到了你梦的死亡。

（1991）

没有

没有人向我告别

没有人彼此告别

没有人向死人告别，这早晨开始时

没有它自身的边际

除了语言，朝向土地被失去的边际

除了郁金香盛开的鲜肉，朝向深夜不闭的窗户

除了我的窗户，朝向我不再懂得的语言

没有语言

只有光反复折磨着，折磨着

那只反复拉动在黎明的锯

只有郁金香骚动着，直至不再骚动

没有郁金香

只有光，停滞在黎明

星光，播洒在疾驰列车沉睡的行李间内

最后的光，从婴儿脸上流下

没有光

我用斧避开肉，听到牧人在黎明的尖叫
我打开窗户，听到光与冰的对喊
是喊声让雾的锁链崩裂

没有喊声

只有土地
只有土地和运谷子的人知道
只在午夜鸣叫的鸟是看到过黎明的鸟

没有黎明

（1991）

我读着

十一月的麦地里我读着我父亲

我读着他的头发

他领带的颜色，他的裤线

还有他的蹄子，被鞋带绊着

一边溜着冰，一边拉着小提琴

阴囊紧缩，颈子因过度的理解伸向天空

我读到我父亲是一匹眼睛大大的马

我读到我父亲曾经短暂地离开过马群

一棵小树上挂着他的外衣

还有他的袜子，还有隐现的马群中

那些苍白的屁股，像剥去肉的

牡蛎壳内盛放的女人洗身的肥皂

我读到父亲头油的气味

他身上的烟草味

还有他的结核，照亮了一匹马的左肺

我读到一个男孩子的疑问

从一片金色的玉米地里升起

我读到在我懂事的年龄

晾晒谷粒的红房屋顶开始下雨

种麦季节的犁下拖着四条死马的腿

马皮像撑开的伞，还有散于四处的马牙

我读到一张张被时间带走的脸

我读到我父亲的历史在地下静静腐烂

我父亲身上的蝗虫，正独自存在下去

像一个白发理发师搂抱着一株衰老的柿子树

我读到我父亲把我重新放回到一匹马腹中去

当我就要变成伦敦雾中的一条石凳

当我的目光越过在银行大道散步的男人……

（1991）

我始终欣喜有一道光在黑夜里

我始终欣喜有一道光在黑夜里
在风声与钟声中我等待那道光
在走到中午才醒来的那个早晨
最后的树叶做梦般地悬着
大量的树叶进入了冬天
落叶从四面把树围拢
树，从倾斜的城市边缘集中了四季的风——

谁让风一直被误解为迷失的中心
谁让我坚持倾听树重新挡住风的声音
为迫使风再度成为收获时节被近张开的五指
风的阴影从死人手上长出了新叶
指甲被拔出来了，被手。被手中的工具
攥紧，一种酷似人而又被人所唾弃的
像人的阴影，被人走过
是它，驱散了死人脸上最后那道光
却把砍进树林的光，磨得越来越亮

逆着春天的光我走进天亮之前的光里
我认出了那恨我并记住我的唯一的一棵树
在树下，在那棵苹果树下

我记忆中的桌子绿了

骨头被翅膀惊醒的五月的光华，向我展开了

我回头，背上长满青草

我醒着，而天空已经移动

写在脸上的死亡进入了字

被习惯于死亡的星辰所照耀

死亡，射进了光

使孤独的教堂成为测量星光的最后一根柱子

使漏掉的，被剩下。

（1991）

在这样一种天气里来自天气的任何意义都没有

土地没有幅员，铁轨朝向没有方向

被一场做完的梦所拒绝

被装进一只鞋匣里

被一种无法控诉所控制

在虫子走过的时间里

畏惧死亡的人更加依赖畏惧

               在这样一种天气里

                  你是那天气里的一个间隙

你望着什么，你便被它所忘却

吸着它呼出来的，它便钻入你的气味

望到天亮之前的变化

你便找到变为草的机会

从人种下的树木经过

你便遗忘一切

               在这样一种天气里

                  你不会站在天气一边

也不会站在信心那边，只会站在虚构一边

当马蹄声不再虚构词典

请你的舌头不要再虚构马蜂

当麦子在虚构中成熟，然后烂掉

请吃掉夜莺歌声中最后的那只李子吧

吃掉，然后把冬天的音响留到枝上

在这样一种天气里

只有虚构在进行

（1992）

什么时候我知道铃声是绿色的

从树的任何方向我都接受天空
树间隐藏着橄榄绿的字
像光隐藏在词典里

被逝去的星辰记录着
被瞎了眼的鸟群平衡着，光
和它的阴影，死和将死

两只梨荡着，在树上
果实有最初的阴影
像树间隐藏的铃声

在树上，十二月的风抵抗着更烈的酒
有一阵风，催促话语的来临
被谷仓的立柱挡着，挡住

被大理石的噩梦梦着，梦到
被风走下墓碑的声响惊动，惊醒
最后的树叶向天空奔去

秋天的书写，从树的死亡中萌发

铃声，就在那时照亮我的脸

在最后一次运送黄金的天空——

（1992）

一刻

街头大提琴师鸣响回忆的一刻
黄昏天空的最后一块光斑，在死去
死在一个旧火车站上

一只灰色的内脏在天空敞开了
没有什么在它之外了
除了一个重量，继续坐在河面上
那曾让教堂眩晕的重量
现在，好像只是寂静

大提琴声之后只有寂静
树木静静改变颜色
孩子们静静把牛奶喝下去
运沙子的船静静驶过
我们望着，像瓦静静望着屋顶
我们嗅着，谁和我们在一起时的空气
已经静静死去

谁存在着，只是光不再显示
谁离开了自己，只有一刻
谁说那一刻就是我们的一生

而此刻，苏格兰的雨声

突然敲响了一只盆——

（1992）

在一起

灯亮着

我们在一起

在没有灯光的一半里

我们的记忆

在它以外

在光无力到达的一半里

我们想象它

由于没有想象力

我们抽着烟

也许是过早地

我们在一起

灯更亮

是灯，不是光

我们在一起

因为我们怕

因为母亲飞着

在一只炉子里

像一只蛾子

我们怕

我们搂得更紧

在等待母亲燃烧

燃尽的时间里

我们没有睫毛

从不睡觉

无法形容自己

那不可能

犹如不能选择

我们是婴儿

但不是具体的

我们是婴儿脑子中浮动的冰山。

（1992）

常常

常常她们占据公园的一把铁椅
一如她们常常拥有许多衣服
她们拥有的房子里也曾有过人生
这城市常常被她们梦着
这世界也是

一如她们度过的漫长岁月
常常她们在读报时依旧感到饥饿
那来自遥远国度的饿
让她们觉得可以胖了，只是一种痛苦
虽然她们的生活不会因此而改变
她们读报时，地图确实变大了

她们做过情人、妻子，母亲，到现在还是
只是没人愿意记得她们
连她们跟谁一块儿睡过的枕头
也不再记得。所以
她们跟自己谈话的时间越来越长
好像就是对着主。所以
她们现在是善良的，如果原来不是

她们愿意倾听了，无论对人

对动物，或对河流，常常

她们觉得自己就是等待船只

离去或到来的同一个港口

她们不一定要到非洲去

只要坐在那把固定的铁椅上

她们对面的流亡者就能盖着苹果树叶

睡去，睡去并且梦着

梦到她们的子宫是一座明天的教堂。

（1992）

只允许

只允许有一个记忆

向着铁轨无力到达的方向延伸——教你

用谷子测量前程，用布匹铺展道路

只允许有一个季节

种麦时节——五月的阳光

从一张赤裸的脊背上，把土地扯向四方

只允许有一只手

教你低头看——你的掌上有犁沟

土地的想法，已被另一只手慢慢展平

只允许有一匹马

被下午五点钟女人的目光麻痹

教你的脾气，忍受你的肉体

只允许有一个人

教你死的人，已经死了

风，教你熟悉这个死亡

只允许有一种死亡

每一个字，是一只撞碎头的鸟

大海，从一只跌破的瓦罐中继续溢出……

（1992）

静默

在等待暴风雪的窗口悬挂你的肖像
在一只黑盒子中盛放面包
手，伸向没有手存在的地方

　　　是静默

雪，在这时降下
你，正被马注视着
那覆雪的坡，是一些念头

　　　是你的静默

墓园中，默默移动着羊群
鸦群密布的天空，已经破晓
一个得到允许的静默
在墓石上记录：

　　　沉思，是静默的中断

窗外的世界静默不语
在白色的风景中静默不语

钟表嘀嗒，指针不动

手下，纸上，有这样一个处境：

　　寻找人以外的。

（1992）

捉马蜂的男孩

没有风的时候，有鸟
"有鸟，但是没有早晨"

捉马蜂的男孩从一幅画的右侧进入
树的叫声，被鸟接过去了

"小妈妈，你拥有的麦田向着我"
三个太阳追着一只鸟

"小妈妈，你肚子里的小牛动起来啦"
世上最黑的一匹马驰来

"小妈妈，棺材是从南方运来的"
树木量着，量着孩子的头

孩子的呼喊，被留在一只梨里
更多的人，被留在画面之外

孩子曾用五只脚站立
他现在的脚是沙

长不出叶子的幼树开始哭泣

一只熟透的李子接着叫"你们——我们"

（1992）

在墓地

在墓地，而没有回忆
有叹息，但是被推迟
蒙着脸，跪下去

唱

没人要我们，我们在一起
是我们背后的云，要我们靠在一起
我们背后的树，彼此靠得更近

唱

因为受辱
雪从天上来，因为祝福
风在此地，此地便是遗忘
越是远离麦地，便越是孤独

收听

然后收割，寒冷，才播种
忍受，所以经久

相信，于是读出

有

有一个飞翔的家——在找我们。

（1992）

北方的记忆

吸收冬天的寒冷，倾听云的遥远的运动
北方的树，站在二月的风里
离别，也站在那里
在玻璃窗上映得又远又清晰

一阵午夜的大汗，一阵黎明的急雨
在一所异国的旅馆里
北方的麦田开始呼吸
像畜栏内，牛群用后蹄惊动大地

独自地，保持一种听力
但是没有，没有任何灵感
可以继续榨取这城市
北方石头堆积的城市

独自向画布播撒播种者的鞋
犁，已脱离了与土地的联系
像可以傲视这城市的云那样
我，用你的墙面对你的辽阔——

（1992）

它们

——纪念西尔维亚·普拉斯

裸露，是它们的阴影
像鸟的呼吸

它们在这个世界之外
在海底，像牡蛎

吐露，然后自行闭合
留下孤独

可以孕育出珍珠的孤独
留在它们的阴影之内

在那里，回忆是冰山
是鲨鱼头做的纪念馆

是航行，让大海变成灰色
像伦敦，一把撑开的黑伞

在你的死亡里存留着
是雪花，盲文，一些数字

但不会是回忆

让孤独，转变为召唤

让最孤独的彻夜搬运桌椅

让他们用吸尘器

把你留在人间的气味

全部吸光，已满三十年了。

（1993）

为了

拖着一双红鞋蹒过满地的啤酒盖

为了双腿间有一个永恒的敌意

肿胀的腿伸入水中搅动

为了骨头在肉里受气

为了脚趾间游动的小鱼

为了有一种教育

从黑皮肤中流走了柏油

为了土地，在这双脚下受了伤

为了它，要永无止境地铸造里程

用失去指头的手指着

为了众民族赤身裸体地迁移

为了没有死亡的地点，也不会再有季节

为了有哭声，而这哭声并没有价格

为了所有的，而不是仅有的

为了那永不磨灭的

已被歪曲，为了那个歪曲

已扩张为一张完整的地图

从，从血污中取出每日的图画吧——

（1993）

那些岛屿

是一些真正离开鞋的脚趾

它们在逃避中形成，而它们留驻了土地

它们是脑子中存留的真正的瘤子

而它们留驻了时间

在不动的风景中经历变迁

在海浪的每一次冲击中说：不

它们的孤独来自海底

来自被鱼吃剩的水手的脸

来自留恋惊涛骇浪的人

没有牙齿的人的喊声曾经过那里

孤独，曾在那里被判为拯救

当我随同旅游者，像假珠子一样

泻到它们的码头上，我

望到我投向海底的影子

一张挂满珍珠的犁

犁开了存留于脑子中的墓地：

在那里，在海军基地大笑的沙子底下

尚有，尚有供词生长的有益的荒地。

（1993）

依旧是

走在额头飘雪的夜里而依旧是
从一张白纸上走过而依旧是
走进那看不见的田野而依旧是

走在词间，麦田间，走在
减价的皮鞋间，走到词
望到家乡的时刻，而依旧是

站在麦田间整理西装，而依旧是
屈下黄金盾牌铸造的膝盖，而依旧是
这世上最响亮的，最响亮的
                      依旧是，依旧是大地

一道秋光从割草人腿间穿过时，它是
一片金黄的玉米地里有一阵狂笑声，是它
一阵鞭炮声透出鲜红的辣椒地，它依旧是

任何排列也不能再现它的金黄
它的秩序是秋日原野的一阵奋力生长
它有无处不在的说服力，它依旧是它

一阵九月的冷牛粪被铲向空中而依旧是
十月的石头走成了队伍而依旧是
十一月的雨经过一个没有了你的地点而依旧是

依旧是七十只梨子在树上笑歪了脸
你父亲依旧是你母亲
笑声中的一阵咳嗽声

牛头向着逝去的道路颠簸
而依旧是一家人坐在牛车上看雪
被一根巨大的舌头舔到

　　　　　　温暖啊，依旧是温暖

是来自记忆的雪，增加了记忆的重量
是雪欠下的，这时雪来覆盖
是雪翻过了那一页

　　　　　　翻过了，而依旧是

冬日的麦地和墓地已经接在一起
四棵凄凉的树就种在这里
昔日的光涌进了诉说，在话语以外崩裂

　　　　　　崩裂，而依旧是

你父亲用你母亲的死做他的天空
用他的死做你母亲的墓碑
你父亲的骨头从高高的山冈上走下

　　　　　而依旧是

每一粒星星都在经历此生此世
埋在后园的每一块碎玻璃都在说话
为了一个不会再见的理由，说

　　　　　依旧是，依旧是

（1993）

锁住的方向

是失业的锁匠们最先把你望到
当你飞翔的臀部穿过苹果树影
一个厨师阴沉的脸，转向田野

当舌头们跪着，渐渐跪成同一个方向
它们找不到能把你说出来的那张嘴
它们想说，但说不出口

　　　　　说：还有两粒橄榄

在和你接吻时，能变得坚实
还有一根舌头，能够做打开葡萄酒瓶的螺旋锥
还有两朵明天的云，拥抱在河岸
有你和谁接过的吻，正在变为遍地生长的野草莓

　　　　　舌头同意了算什么

是玉米中有谜语！历史朽烂了
而大理石咬你的脖子
两粒橄榄，谜语中的谜语
支配鸟头内的磁石，动摇古老的风景
让人的虚无在两根水泥柱子间徘徊去吧

死人才有灵魂

在一条撑满黑伞的街上
有一袋沉甸甸的橘子就要被举起来了
从一只毒死的牡蛎内就要敞开另一个天空
马头内，一只大理石浴盆破裂：

        绿色的时间就要降临

一只冻在冰箱里的鸡渴望着
两粒赖在烤羊腿上的葡萄干渴望着
从一个无法预报的天气中
从诱惑男孩子尿尿的滴水声中
从脱了脂的牛奶中
从最后一次手术中
渴望，与金色的沙子一道再次闯入风暴

      从熏肉的汗腺和暴力的腋窝中升起的风暴

当浮冰，用孕妇的姿态继续漂流
渴望，是他们唯一留下的词
当你飞翔的臀部打开了锁不住的方向
用赤裸的肉体阻挡长夜的流逝
他们留下的词，是穿透水泥的精子——

（1994）

锁不住的方向

是失业的锁匠们最后把你望到
当你飞翔的臀部穿过烤栗子人的昏迷
一个厨师捂住脸，跪向田野

当舌头们跪着，渐渐跪向不同的方向
它们找到了能把你说出来的嘴
却不再说。说，它们把它废除了

        据说：还有两粒橄榄

在和你接吻时，可以变得坚实
据说有一根舌头，可以代替打开葡萄酒瓶的螺旋锥
谁说有两朵明天的云，曾拥抱在河岸
是谁和谁接过的吻，已变为遍地生长的野草莓

        玉米同意了不算什么

是影子中有玉米。历史朽烂了
有大理石的影子咬你的脖子
两粒橄榄的影子，影子中的影子
拆开鸟头内的磁石，支配鸟嗉囊中的沙粒
让人的虚无停滞于两根水泥柱子间吧

死人也不再有灵魂

在一条曾经撑满黑伞的街上
有一袋沉甸甸的橘子到底被举起来了
灰色的天空，从一只毒死的牡蛎内翻开了一个大剧场
马头内的思想，像电灯丝一样清晰：

绿色的时间在演出中到临

一只冻在冰箱里的鸡醒来了
两粒赖在烤羊腿上的葡萄干醒来了
从一个已被预报的天气中
从抑制男孩子尿尿的滴水声中
从脱了脂的精液中
从一次无力完成的手术中
醒来，与金色的沙子一道再次闯入风暴

从淋浴喷头中喷出的风暴

当孕妇，用浮冰的姿态继续漂流
漂流，是他们最后留下的词
当你飞翔的臀部锁住那锁不住的方向
用赤裸的坦白供认长夜的流逝
他们留下的精子，是被水泥砌死的词。

（1994）

归来

从甲板上认识大海
瞬间，就认出它巨大的徘徊

从海上认识犁，瞬间
就认出我们有过的勇气

在每一个瞬间，仅来自
每一个独个的恐惧

从额头顶着额头，站在门坎上
说再见，瞬间就是五年

从手攥着手攥得紧紧地，说松开
瞬间，鞋里的沙子已全部来自大海

刚刚，在光下学会阅读
瞬间，背囊里的重量就减轻了

刚刚，在咽下粗面包时体会
瞬间，瓶中的水已被放回大海

被来自故乡的牛瞪着，云
叫我流泪，瞬间我就流

但我朝任何方向走
瞬间，就变成漂流

刷洗被单簧管麻痹的牛背
记忆，瞬间就找到源头

词，瞬间就走回词典
但在词语之内，航行

让从未开始航行的人
永生——都不得归来。

（1994）

从不做梦

隔着人世做饼，用
烤面包上孩子留下的齿痕
做床，接过另一只奶嘴
做只管飞翔的鸟
不哭，不买保险
不是祈祷出来的
不在这秩序里

　　　从不做梦

做无风的夜里熄灭的蜡烛
做星光，照耀骑马人的后颈
做只生一季的草，作诗
做冻在树上的梨
做黑麦，在风中忍受沉思

　　　从不做梦

做风，大声吆喝土地
做一滴水，无声滴下
做马背上掠过的痉挛

做可能孵化出父亲的卵
从夺来的时间里
失眠的时间里，纪念星辰
在头顶聚敛谜语的好时光！

（1994）

五年

五杯烈酒，五支蜡烛，五年

四十三岁，一阵午夜的大汗

五十个巴掌扇向桌面

一群攥紧双拳的鸟从昨天飞来

五挂红鞭放响五月，五指间雷声隆隆

而四月四匹死马舌头上寄生的四朵毒蘑菇不死

五日五时五分五支蜡烛熄灭

而黎明时分大叫的风景不死

头发死而舌头不死

从煮熟的肉中找回的脾气不死

五十年水银渗透精液而精液不死

胎儿自我接生不死

五年过去，五年不死

五年内，二十代虫子死光。

（1994）

没有

无辜这回事，但是别批评
它们从不发光的那一面

在五尺深的水下，它们看上去是一些心脏
也许还在存血，只是不再见证
就像那家旅馆，曾是风暴的中心
那些烂在水中的木桩，曾插满箭镞

  全都没有纪念谁的意思

养殖场内在的抽搐传到海面时
它们也浮上来，按几何图形显现
它们的脊背，用很少的一点证明
它们的过去没有保护者。看它们脸上
有着怎样深刻的皱纹，就会知道大海
从未被人航行过的样子，也许

  它们就是速度

正是这一点，被拖上岸时，它们
已不再是它们。只是一些哲学家的头

不再挣扎，无需再捆，与无用的
和必需的混在一起，被自身的裂缝
描述得够了，而它们看不起足够的

　　它们是一阵只准向前的痛楚

推动大师的思想，到更远的地点拦截泥沙
当海上的雾被看不见的柱子挡着，它们
将以它们可能的样子，躲到
能被发现的地点，以便捕手停止张望。

（1996）

在多多涅城堡

看守人，在吃包在手帕中的李子
残败的花园，在笑
诗歌的炉膛内，正值盛夏
炉，只知烧
快活的炉工，只知铲
一个女人在走过树荫后
已经老了

她曾经的美，仍震撼我的余生

（1996）

注：多多涅，法国南方一省

节日

1

除了我你没有别的树
你就是我的城市，它原来的样子
保护着我的障碍，你的腿已不必用力夹紧

那就是现在

许多发明绕过了它，它们带走了季节
走向婚姻的虫子，和肥堆。那就是追
所显现的一个类似无限的大坑

现在并不明确

在我的胎盘还未学会咳嗽以前
你的指甲，已经抓着并不存在的墙壁
指环，已经牵动你的指头，去触摸

这样的一个进程

在无人记录的夏天，指头带来的风云

透出了蜗角，带出了蜗体，腾空了蜗壳
跟上了速度，这样的一种立场。像神的立场

只与部分时间共同向前吧

2

英语光线支配下的天空，仅在这一点转暗
缓慢的行程，比海边的奇景，蛹的进化
比速度还要固执，那就是它最重要的遗产了
锚，触到海底的声响已被听到，但是掺进了杂音

那　　　　　　　就是激情了

是它在又一次问，当下一次已在此次之中
问的声音就更低。树，也克服了来自内在的风
树影，却继续摇晃着。你的手
搁在我的腿间，也像忘了一样

那就是与翅膀的告别了

树木也在加深颜色，在绿色之外。多久了
你就是光，无论光是什么，你还是你
直至你不再是，你醉了，比整夜果园还醉
你的眼睛已是转到下午 5 点钟的太阳

你姥姥桌上的 60 只苹果，还在闪闪发亮

3

凌晨一点，光向郊外散去，我望着你，你
也望着你，在留给你的那场雾里，我倾听
云，倾听天空，也倾听洗碟子时的流水声

　　　　　　　"这文明一定要屹立下去"

一个四肢挂满海马的女人浮现了，随即
像一片药一样化开，过去，被你的身体存留着
它创造了我的记忆：我和你，曾是两块
石头，拥抱在一家大歌剧院的门楣上

　　　　　　　那就是等待

当黑夜从白天开始，许多平行的欧洲的大河
也像停在提琴上的弓那样，等待一双手
追上来，像众神只在夜间寻找女人的指缝
那样地，去尽情演奏证人不是人

　　　　　　　那就是消息了

月亮集体地出现了，明天是从那边升起的

太晚了是指还有明天，但那是它们的明天
它们的迟到，就是今天的节日了，一阵
只准向前的痛楚，校正罗盘的指针，并
让时间的某一点，在现在成为准时，那
就是仅剩于枝上的几个主意之一——突然

4

比一个男人高，又比一个男人的中指短
被留声机的曲柄摇着，世界的缺陷
造人的第一个声音——是一个病句
让听到的比看到的远，只远一点
"但不许说静默只是静默"

这夜静得无人可以拾起沙子，老女人
死去的屋里，有一股秋天的皮革味
我听到尘埃离开她时的叹息，一阵冬天的
向下的低音音符，就停要琴弦的末端

                "把我像空气一样地放走吧"

除了肉体的死亡，一切死亡都停止了
你的离去让树成了谜语，而你曾是
哪条河流？当你数到颈上的第三颗纽扣时
我们的道路，仍是远离兄弟姐妹的同一只鞋

"要走的只是节省而已了"

在土地更为突出的时候，里程不再重要了
它曾对抗两个瞎子同时流出的泪
它们来自太阳密集的窟窿，和一本书
敞开时，继续洒向牧场的月光……

（1996）

九月

被你的现在挡着
七十棵苹果树
已经种到你身上

母亲，你的品质已经输入树液

此刻，除了九月再无另外的时间
按林木的尺寸
木匠们，又一次提高了门楣

母亲，林中行走的全是女人……

（1997）

没有

没有表情，所以支配，从
再也没有来由的方向，没有的
秩序，就是吸走，逻辑
没有止境，没有的
就在增加，有船，但是空着
但是还在渡，就得有人伏于河底
挺住石头，供一条大河
遇到高处时向上，再流进
那留不住的，河，就会有金属的
平面，冰的透明，再不掺血
会老化，不会腐化，基石会
怀疑者的头不会，理由
会，疼不会，在它的沸点，爱会
挺住会，等待不会，挺住
就是在等待没有
拿走与它相等的那一份
之前，让挺住的人
免于只是人口，马力指的
就还是里程，沙子还会到达
它们所是的地点，它们没有周围
没有期限，没有锈，没有……

（1998）

忍受着

在几条大河同时封冻的河岸上
忍受着矗立，在后人的尿里忍受着
物并不只是物，在曾经
是人的位置上忍受着他人
也是人，在一直就是枯竭
一直就是多余的那个季节里，忍受着
一些圈牲口的柱子一直就是一些
哲学家的头，一直都在追悼
在各种语音轮流地校正中
所漏掉的那些时光，以代替
总是面有窘相的父亲们
所站立过的那些地方

在雏妓的大脚已经走惯的那条道上
忍受着道路，在思的撞墙声
被持久的训练吸走之后，忍受着
时间就是这样给予的，由
马腿中的瘤子预报过的，可让
马粪中的铁钉弯曲的，不会
再变为酵母的，在地下
比在卵巢中有一对铃

摇得还要急的，它们一同忍受着
挽歌声，当它总是朝向前头

在还有一片沙子怀念瓜棚的地点
忍受着雷声，比摘棉人的耳语声
还要弱的，那再也说不出来的
让再也听不到的，也不会再是宁静了
起风时分的笔迹，万针齐下的麦田
可让硬币崩裂的北方，就还在
教他们与每年的寒流同龄
他们，在石头里也伸出脚
在石像内也蒙着脸，也有人
把手卷成喇叭的时候，忍受着——

（1998）

等

捕鸟人的记忆被一只锯短的笛子吹响
你的叫声就从最远离额头的地点
合进还会疼痛的天空

也就是爱的天空吧

等醉人双拳劈开的木桌合拢，鸟
嗅到一只双臂交叉的扶手椅
还在透出木头深处的气息

也就是你的气息吧

等如画的风景中有一只手已经停止按摩
被鸟啄空的葵盘依旧向着有它们
天性的方向，也就是在承受

它们无力承受的成熟吧

等飞翔中的鸟眼睑紧闭再现恒星
亿万年前的模样，请穿流并
映出过你面容的那条河

也能留下价值吧，母亲——

（1998）

既

以失望为夜莺，就得在象牙的回声里歌唱了
只是不能问，要唱多久才能变为蝴蝶

那就在船夫的腋窝里搔着，去指挥乐队吧
去摘取浮动于乐谱中的柠檬，帮助冰
打开鱼池，随马在废弃的浴盆内饮水
抬头，在经过处理的空旷中，把
病院深度的蓝，擦得更亮，奔跑于
一根根燃烧的火柴头的最尖端
随每一个瞬间，立即变成传统

（1998）

还是被谁遗忘的天气

意味着不会再有什么被记起
也不会再有什么值得一再消逝

画在船头的眼睛望着前方
路上，仅有马匹归来

正是此时，滚动的云朵
突然跟上大管风琴的呼啸

每一个瞬间的溃败，涌进它
钥匙已不必猜测，雷霆从不空虚

大海不光数沙子，有人
还在写信，只是不再寄出——

（1998）

四合院

滞留于屋檐的雨滴
提醒，晚秋时节，故人故事
撞开过几代家门的橡实

满院都是

每一阵风劫掠梳齿一次
牛血漆成的柜子
可做头饰的鼠牙，一股老味儿

挥之不去

老屋藏秤不藏钟，却藏有
多少神话，唯瓦拾回到
身上，姓比名更重

许多乐器

不在尘世演奏已久，五把锯
收入抽屉，十只金碗碰响额头
不借钟声，不能传送

顶着杏花

互编发辫，四位姑娘
围着一棵垂柳，早年见过的
神，已随鱼缸移走

指着石马

枝上的樱花，不用
一一数净，唯有与母亲
于同一时光中的投影

月满床头

在做梦就是读报的年龄
秋梨按旧谱相撞时，曾
有人截住它，串为词

石棺木车古道城基

越过一片平房屋脊，四合院的
逻辑，纵横的街巷，是
从谁的掌纹上预言了一个广场

一阵扣错衣襟的冷

掌心的零钱，散于桌上
按旧城塌垮的石阶码齐
便一边捡拾着，一边

又漏掉更多的欣喜

把晚年的父亲轻轻抱上膝头
朝向先人朝晨洗面的方向
胡同里磨刀人的吆喝声传来

张望，又一次提高了围墙……

（1999）

辑四　二〇〇〇年代—二〇一〇年代

在突尼斯

沙漠既完全走了样，必是风
遇到了直角，既有诺言要相守
学到的必是比失去的少
能通过沙漏漏掉的就更少
但正是多出来的那种东西
进入了后来的那种天气
在越是均匀地分配风沙的地点
看上去，就越来越像一座城市

那非思而不能言说的，非造出
而不可笼罩的一种命运，就像
从老城的每一侧都能走进一家鞋店
在这里就是在那里，在哪里
都是在到处，在腓尼基人的原住地
夹着整张牛皮的人的张望
也被讨钱的掌遮没了

那就是从门缝下边倒出的污水
让臭味变得尖锐时
发出的存在的信号：如果
有人来此只是为了带走阳光

能被带走的肯定是一种怀念
尤其是掮客对着锡灰色的天空
装好假眼的那一刻，总会有人
比赌马还要紧张地瞄准：
从蒙面女人眼神中射出的恨
亦集中了她全身的美，既
弯曲了思，又屈从于思……

（2000）

感谢

在归还它的时候借它
感谢空地，实在就是大地了

向着下工时分的煤区扩散它的地理
感谢它的过去，已显得尤其宽广了

在祖先的骨骸拒绝变为石像的那条线上
感谢树木的伫立，就是亲人的伫立了

不会再有墓碑测量地下水位的起降了
感谢它们原是多好的朗诵者

向着有赐予继续发生的地点鞠躬
感谢土地深层的意思已传至膝头

去推动祝福所不知前往的
感谢隐藏的里程开始了

当空地也显示麦地
感谢那预定的歉意，尚未被取走

树木抒情性的力量便一再牵动我们的衣襟

感谢桥头星光灿烂，直指接受者藏身处……

（2000）

不放哀愁的文字检查棉田

青铜，流放证人的舌头
青草，诉说词语的无能

听亲人带着抗体离去后
篱笆留下的撕裂声，不听

河流与河床永无止境的诉讼
怨妇，早把河堤跪得白白净净

看端碗的石像恒久伫立
用集体的徘徊驱赶蝗虫

河流，重又投入血液的解释
弱者，蔑视历程而唯有里程……

（2000）

北方的天空携带石块隆隆运动

巨型云朵，偶尔隐现双亲的侧影
像送走两只碗的河面那么平地
疼，也不再牵连大地了

哑孩子靠着石灰墙
听门后锄头的淌血声
把要诉说的田野送进九月的天空

一种类似说话的哭泣声
也就从一块蒸发着马粪的高地
留住了弯腰者的风景……

（2000）

歌唱是怀念的殿堂

旧日晾晒马匹的道路咯咯作响

两旁，是掩埋父母的秋林

从挽歌早已吸收的一切

根，待在不出声的地方

折磨这歌唱——从头歌唱

（2000）

哪里下着雨

下着时间中的雨
——这怡人的无意义
就像一阵寒战，穿过街区

在这怡人的无人的街上
店铺开着，也就关死了
这怡人的无人的无意义
就是轻，也在它的消逝之中
就是雨，也在渴望下到下一个地点
就是一个伪造的你，也能留下经历

把烟灰和叹息抖到被允许的地方
一个无法忍受他人的人可以忍受自己了

在越来越坏的天气里，变换
你的脚步，原因已渐渐失去
在成为主流性的天气里
理由又渐渐拥有
那就是为什么，车开时
你的头发全都拂向车窗外
窗外，便映出纽约那令人心碎的年轻

更远处，赛马伫立在跑道上

在整个赛季，在某一刻突然起身

并入移民人流那强大的背影

纸杯咖啡从列车的每个拐弯泼洒出去

一个无法忍受自己的人可以忍受他人了

（2000）

从马放射着闪电的睫毛后面

东升的太阳，照亮马的门齿
我的泪，就含在马的眼眶之内

从马张大的鼻孔中，有我
向火红的庄稼地放枪的十五岁

靠在断颈的麦秸上，马
变矮了，马头刚刚到悲哀的程度

一匹半埋在地下的马
便让旷野显得更为广大

我的头垂在死与鞠躬之间
听马的泪在树林深处大声嘀哒

马脑子已溢出蝴蝶
一片金色的麦田望着我

初次相识，马的额头
就和我的额头顶到一起

马蹄声从地心传来

马，继续为我寻找尘世……

（2000）

搂着废弃的农具

为麦田边缘的急雨伫立
不知家乡在哪里

绷紧丝绸，越过菜畦
望着哪里，再不言语

再————声夜鸟的长嚎
再往盛过母亲的碟里

撒一把米……

（2001）

我和你走得像摇船人那样

我和你走得像酒场两旁的树那么歪
我和你追小马一样向前移动的云
一条粉碎了分秒的河就此流去

我咬你时，你已不再受伤
我思念你时，你会，你还会
独我涉过的那条河中还存有你的体温

独此句死者应知——

（2001）

诺言

我爱，我爱我的影子
是一只鹦鹉，我爱吃
它爱吃的，我爱给你我没有的
我爱问：你还爱我吗？
我爱你的耳廓，它爱听：我爱冒险

我爱动情的房屋邀我们躺下做它的顶
我爱侧卧，为一条直线留下投影
为一个丰满的身体留下一串小村庄
我要让离你的唇最近的那颗痣
知道，这就是我的诺言

我爱我梦中的智力是个满怀野心的新郎
我爱吃生肉，直视地狱
但我还是爱在你怀里偷偷拉动小提琴
我爱早早熄灭灯，等待
你身体再次照亮这房间

我爱我睡去时，枕上全是李子
醒来时，李子回到枝头
我爱整夜波涛吸引前甲板

我爱喊：你会归来

我爱如此折腾港口，折磨词语

我爱在桌前控制自己

我爱把手插入大海

我爱我的五指同时张开

紧紧抓住麦田的边缘

我爱我的五指仍是你的五个男友

我爱回忆是一种生活，少

但比一个女人向我走来时

漏掉的还要多，就像三十年前

夕光中，街道上，背着琴匣的姑娘

仍在无端地向我微笑

我就更爱我们仍是一对鱼雷

等待谁把我们再次发射出去

我爱在大海深处与你汇合，你

是我的，只是我的，我

还是爱这么说，这么唱我的诺言——

（2001）

我梦着

梦到我父亲，一片左手写字的云
有药店玻璃的厚度
他穿着一件蓝色的雨衣
从一张老唱片的钢针转过的那条街上
经过洗染店，棺材行
距离我走向成长的那条街不远
他蓝色的骨骼还在召唤一辆有轨电车

我梦到每一个街口，都有一个父亲
投入父亲堆中扭打的背影
每一条街都在抵抗，每一个拐角
都在作证：就在街心
某一个父亲的舌头被拽出来
像拽出一条自行车胎那样……

我父亲死后的全部时间正全速经过那里
我希望有谁终止这个梦
希望有谁唤醒我
但是没有，我继续梦着
就像在一场死人做过的梦里
梦着他们的人生

一锹一锹的土铲进男子汉敞开的胸膛

从他们身上，土地通过梦拥有新的疆界

一片不再吃人的蝇

从那边升起好一会儿了

一望到鱼铺子里闲荡的大秤

他们就会一齐嚎啕大哭……

我接受了这个梦

我梦到了我应当梦到的

我梦到了梦的命令

就像被梦劫持——

（2001）

在一场只留给我们的雾里

1

我们，已无法想象你年轻时的样子
也许是由于遥远，已把你变为一种文体

这一点很像你的死
留在高纬度，你的记忆留在布列塔尼
你的过往，正在变成一座建筑
我们，就靠在它的任何一点上说：
你的轮子，仅用于摇摆

就像问，很少从你的词间经过
而总是有理的，只要进入了言说
也就进入了你的音调，它封闭一切方向
除了劫掠节奏，什么也不给予
只是经过，并直接进入英语
让不会累的事物接替你的模仿者
为了真实，或追赶真实

当写下的，也会溜走
而那是你所不愿看到的
你反感被发现

以此留下隐喻中最为次要的：
你的经历，也磨损着我们

2

文学，已在卓越的论述中走远了
就像参加一场没有死人的葬礼
或穿行一段没有人生的句法
毕竟快，让可做的不多了
而停，也就是羞辱它
石人队列的最后一个
便总是新的，我们必须斜眼
才能看到尽头的先知
如果它曾是暂时的你

那么现在不了，因为词语
在被贬低之前，已经变成了别的
而词义，总是确切的
至少，在两个音调以上
我们和你相同的，正是陌生的
这是我们仅存的条件
当所有孤儿的脸都那么相似
在一场只留给我们的雾里停止张望……

（2001）

265

从锁孔窥看一匹女王节的马

在林木的间距间拉长，或缩短
马尾在追赶，马头胁迫里程

前者以语言为饲料，后者
将以等待所支付的自由被拴住

奔驰，便同时向前同时向后
带着树的影子，马的影子

去补足青铜的影子，权力的影子
从一片锈的浓雾的观点看，就是这样

只有奔驰，还算不上运动
从树木较高的一侧来判断：

是奔驰造马，也骗马
于是嘶鸣大声说话，于是灰暗胜于统治

如果两者都联接了消逝
那么，消逝便是不可能被教授的

以土地被犁成可理解的样子起誓：

这些都是一个十一岁男孩的眼睛向我泄露的……

（2001）

前头

永别在那里，它已不在了
他们把它修到哪里，它就在哪里了

（因为终点没有了）

哪里会有一片疏忽的空地
不会在前头了

（没有，一定就是自身的秩序了）

再无可迷失的地方了
（没有地狱，没有原野，也没有僧侣）

过去的，就是所有的了
正在过去的，已经不是了
部分的是，所以不是了
是无边的，也不会再是宽广的了

（逻辑没有止境）

麦子不再是麦子了

（当没有也是其中一季）

我们的医生再也不是农民了

（那就连借口都没有了）

可怀抱的全都怀旧了

（词语之外，没有理想）

还在让谁疼的，就是价值了

（但对于任何学院来讲

没有——也必须是一座新坟）

那就唱：不会再有合唱了

（没有合唱了）

什么节奏也凑不出它来了

既无力把琴擎起，也不再是屈从了

（那就连障碍也没有了）

它还有命运，桥已经没有了

石人挥手时，送别已经不动了

（那就连比较也停止了）

类人，可以发出了人声了：

没有——比圣歌传得远

（2001）

别问

别问到哪片叶子间挨着我
为某年某月某日的某个下午继续写信

别问从哪一侧走进帆上的字
信，暂时还是一张纸

别问十月离你离我离谁最近
这一年从熟透的柿子林鼓翼而来

别问十二月在哪个枝头找到谜语
照亮最后一片叶子的光线早已出发了

别问两次就超越一次吗
一问此刻便既是正午又是黎明同时也是黄昏

别问始祖鸟的化石何时开口
信凤凰所信的

第一声传至久远——

（2002）

快，更快，叫

钟停在发誓的一秒
叫边缘不断升起，升高

叫过去的每一天都回来，都
换了锁——年，去年，每年

每个声部都在叫
叫必是凤凰的那只鸟

太晚了叫太早了
用我们的语言叫

大量的未来——叫声中的又一季
在另一种装备上叫

叫高唱我们家乡的人哭
由死者哭，但要由你——唱！

（2003）

带着你的桥——松手

顶着它，向上流动，顶着
那条路——那绝对的前线

那不确定，那强烈的结巴
母亲——我的右脑，我前期的死

它连带着你的不死，你的多次
已经从你的跌落中接住

接住棺木所不懂的这一深度
越来，底——蒙着狼嚎的毯子

接上我们，接受你
——这一连串的醒来……

（2003）

影子

和斗篷在母女间选择
衣钩，大量的爱

进入脑子，打击你的主
去传达星光与星光间的痴情

你的怨言——合唱队的棺材
在那里竖着被埋入

在一段从未被人航行过的海面
岁月，如此缩写散文，摧毁

摧毁加上祈祷
我爱——我不爱，我不爱

秒针——最年轻的神
为病容整容般移动向前

把一切平面重新变为障碍
以后，海底巨石滚动失语世界的轰鸣……

（2003）

几经修改过后的跳海声中

带着过水的孩子，雷声和
词语间中断的黎明
一个影子，把日报裁成七份
两排牙齿，闪耀路灯的光芒
射击月光，射击全新的尘土

在海浪最新的口音里，赶着
冻僵的牧人和沉睡的节奏
血挤进垒，带着原始章节的残响：
在祈祷与摧毁之间
词，选择摧毁

海面上汹涌一浪高过一浪的墙
街上，站满实心的人
朝郁金香砍断的颈看齐
痛苦，比语言清晰
诀别声，比告别声传得远

群山每扇确鉴的入口虚掩着
花农女儿阔大的背影关闭了
大海，已由无尽的卵石组成

一种没有世界的人类在那里汇合

无帆，无影，毫无波澜

直到词内部的声音传来

痛苦，永不流逝的痛苦

找到生命猛烈的出口

绝响，将跟随回声很久

最纯粹的死，已不再返回

（2003）

不对语言悲悼
炮声是理解的开始

就这么命令雷声——不要声音
不解释狼，不——又一阵齐射

　　任历史说谎，任聋子垄断听
　　词语，什么也不负载

雷声不是雷声，无声是雷声
不懂——从中爬出最倔强的文化

　　不懂，所以大海广阔无比
　　不懂，所以四海一家

（2003）

钟声枪声，枪声钟声

上升的军呢大衣，乡间暴乱的云朵
从斯拉夫式的密集、焦虑、自残
和向前一跃的崩溃中
召唤主我们神的那声咆哮：
什么也替代不了战争

枪声钟声，钟声枪声

在两根棍子间母亲的双拐
支撑土坯教堂，草原式的日出
冒烟的是道路，是工厂，是道路
直到阵亡的人站起，走进电影
追赶立场——那旧和平的每一秒

（2004）

给朱丽娅的歌

六支蜡烛叨念你的名字

小姑娘的脸已藏于苹果叶间

在一个永不结束的夏天

墙头的酸奶罐散发出淡淡的气息

一双小木鞋留在秋千上

还在荡

为节省告别……

（2004）

巴黎的庙

院内只有鞋，不见人
修炼者散发的气息来自久远

一碗面，经东方思想的余晖加持
四瓣橘子，留在口中回味

造访者出门，鞋内已长出百合
有过的谈话，已被塞纳河水带走

埃菲尔铁塔如一支巨大的音叉
传出久违的声音

当下无求
已无由进入经卷的厚度

（2004）

维米尔的光

按禅境的比例，一架小秤
称着光线中的尘埃
以及尘埃中意义过重的重量

粒粒细小的珍珠，经
金色瞳仁姑娘的触摸
带来更为细小的光亮

以此提炼数，教数
学会歌——至多晚，至多久
抵达维米尔的光

从未言说，因此是至美

（2004）

在我们的爱最浓时合成的夜晚

我的箱子，很轻

帆，已徐徐割过草坪

船上，载着我们的楼

希望，紧挨着我们的邻居

更远处，离别

由更多新婚的房子组成

我的箱子，就更轻

为前行……

（2004）

轮上鞭子挥舞

呵，十四行内新爆的磁场

高音区的日子，前进的语法

竖起来的麦子，一亩一亩的云朵

一起向西死着，邀生命的代表

一批一批，持续投入

呵，马的抒情日志——独白

用纤夫的僵直积累前进的后坐力

一层一层的父亲们，邀歌手、匕首

从具有麦田气质的碑文上

斩高过斧头的美

呵雨，一片十字形的沙漠垂直

呵泪水、重水，公开显示圣母的等级

呵石油一次性的痛苦，留下

军事的坑，赞颂的坑，留下为什么

——那声开放草原嚎叫中原始性的质问

　　呵，轮上鞭子挥舞

（2004）

今夜我们播种

郁金香、末世和接应
而一床一床的麦子只滋养两个人

今夜一架冰造的钢琴与金鱼普世的沉思同步
而迟钝的海只知独自高涨

今夜风声不止于气流，今夜平静
骗不了这里，今夜教堂的门关上

今夜我们周围所有的碗全都停止行乞了
所有监视我们的目光全都彼此相遇了

我们的秘密应当在云朵后面公开歌唱
今夜，基督从你身上抱我

　　今夜是我们的离婚夜

（2004）

去撒玛洛

十九世纪还在那里喝奶
种植者和养殖者都靠近生活
两排植物形的大棒挥舞
向我们开始的时间招手

　　去撒玛洛

彩虹中的又一个傍晚
在一些像船又像车那样的东西上
卖冰人把我们推入大海
我们从那里来

　　去撒玛洛

在另一种心肠的十一月
女儿从波浪的天花板上摘星星
浮标般的小妈妈推动乌云般行进
蔬菜汤中的岛屿浮现了

　　去撒玛洛

在挂着爸爸——那巨大的防鲨网上
往事阴暗的天空表演着走过去
美丽爱人的塑料爪子
还在抓我未来的狮面

去撒玛洛

（2005）

楼围着我们观看

我们头顶的天空越薄
辩论者的脸就越抽象
遛狗人的绳子放得越长
这些楼就越来越像一个国家

是楼倾斜着还是我们倾斜着
地平线往上看
还走着，已成了背影
碎石俯视天空
还牵着手，砖石已砌上肩膀

我们的未来已在一个确切的地方

（2005）

对着灰色麦子底下的奠基人

斜靠着收割下来的多数
闲散，密集的暴风雨
广大园林，歌声的屏障
怎样在风尘配音的叙述里
穿过抵抗的断层
沿让步那一个又一个的关节
朝死亡省力，当合力乏力

推牌般艰辛的稻束，倒伏又向前
巨型荒芜，忠诚，大雷
那牵动里程的累
怎样在沙子忠实的流逝中
从悲怆的突破处
为补充碑文的残缺而来
水泥村庄把我们全都围成追悼者

对着光与先人的双重哀悼——

（2005）

在原谅麦田的圈里

割下这品级以下的
原先的湖，原先的姐妹

在寻找中消逝了
在雷的跑道上

埋着这出发
一袋光，克制我们的生活

我们实际的田地在哪里

（2005）

说自己的黑夜

消磨这卑微
这几天不在你身上

而当下离此刻很近
浴室的窗户，覆满马蜂

我们曾站立着交合
齿轮碾着舵手的指

容我看守你离开处

（2005）

大海变蓝的黑夜

轮胎的母亲——灯塔

在现实中做梦

所有的鱼都被叫做公斤

海岸被渔夫的悲哀传染

——没有公斤

沙子留下回声

月亮把光吸回去

帆上映出浮冰的表情

法属圭亚那——你曾经接受

（2005）

一个父亲要去人马座

造大海孤独的质量
无人船的重量，驶进

女儿的眼睛——五堆羽毛
蜘蛛，只剩下心

凡高的半只耳朵，残月
从光里开始

猎户星座的麦田
已接近金星全醒的全景

女儿在每一条河流继续拦截
我们再见的秘密……

（2005）

复活节的山岗上

石头玉米与母性采石场环形的拥抱
已联合成白垩纪的中立

祝我们冷静地斩
我们床上的树林

我们停不下来的临时
和我们楼顶可能轮回的天空

呵，斩增加那少
呵，帆与歌剧院的二重唱：

去沉落的莲花大陆
女儿头上竖着绢做的中国亭

欢乐就定在那里

（2005）

哑巴的双人床上

主对着主
屋内，竖着一个雷

午夜的药房加大剂量
两个人举起四只手

耶稣——基督
耶稣——基督

在我们的舌头上活着
麦子和沙子磨出了对话

为让自身的沉寂稳定

（2005）

黑暗中，我们彼此识别

我看月亮，就像偷看

"闪电讨论什么？"

"背叛是甜蜜的。"

我已原谅我的平静

（2005）

美丽的可可树下

水果集市的上空
太阳比测到的远

我对你说过的话
就从那里返回

带着种植园巨大的困惑
一阵热带的泪

凡高，已烧毁他人
校园内，静悄悄
教务处窗台上一朵雏菊
在黑里预言黑

桌上一只坏手写黎明

（2005）

断壁从生命后面催促

迷茫骑手加鞭

田野愉快地倾斜

允许空无劫掠

我们开始接近

欢乐大鳍那遥远的墓地

（2005）

听冬日雷声爆炸过后的寒冬

胸墙以下的岁月也牵动

沉寂中心的重锤，是它

用被摧毁的人做向上的阶梯

留下爬出来的半张脊背

到达哺育者——炮筒中

我们的声音，我们心理的总量

体内的碳一直存留着

已被尘埃吸收的挽歌

向着重新灌溉吼声的田野

从你，我们不训练的旷野

从我们，你回声之滞留

要死者跟上，要他们的根跟上——

（2005）

当前线组成的锯拉着那里的每日——向前

那条让他们撤退的河已把自身的立场量干了
许多人由此变为理由，更多的人
一直在变为土地，去
隔离他们最初的，最终的

起始给予的，就一直给予着
且被他们的恐惧牢牢掌握着
那停顿的和可以一再停顿的
恒定的关怀，从蕨类后面张望着
用净的，仍在守护着

死者也就继续死着，当多少人帮他们死着
石墙没有立场，只有窟窿
沙子无用，用于掩盖
让那里便有时是城市，有时只是土地
那就让棺木试着向前探索吧
等信仰者的骨骸爬出来
一排必是石像，一排必是石头
那就让回答继续剥夺它们吧
在它们的存在放射着天命的那堵墙上

书向前耗尽，倒读耗尽向前

向前，纪念塞依德——

（2005）

大世界的锣鼓队

我们狼狈的外围

修词，这再造出来的粉末

平静的大砖

这一圈一圈的咒骂

从漆黑门廊里旷野的呼叫

通过被附加上去的四季

要求流程——我们的根

从地图一样虚无的天空

归还给这座万瓦贴服的旧城

一颗牙，一枝烛，一个东方……

（2005）

毕业时分

如期走着，从童年到童年

量着深谷中的麦子

量着虚无所量过的

我们忘却的经验

玉米与密林已首尾相连

从黎明的供给处

从广大的预备地

我们被俘的感情苏醒了

我的重量，已不在我身上

在我的额上，麦子已充满课堂

在鸟之上，彻夜都是黎明

障碍，只是飞行的投影——

（2005）

两片栗林夹着一块耕地

四角大风掩盖亲昵话语
遗照留下院内春秋
我的父母，已是两排无怨的树
与纵深的旷野
密实地衔接到一起

捡净石阶上所有的故事
我愿再回最后一回头
看一块印满金鱼的台布
抖动梨林后面云形的生命

远处，舒展筋骨的人
已拿走我的思绪……

（2005）

听歌声中的胡杨林

送流淌的雪水
到插满红柳的远方
创造白桦树的紧张

——我们只要一种玉
也就量出了沙丘的慌乱

从那块祖母绿的深处
戴着铜帽的云朵大量升起
在我们的警觉之上

继续卖着，也就继续量出
浮冰乞丐般爬行的身影

从七彩云母的屏风后面
高歌放送，快慰呼应
雪线以上透明的音响

到宽容所能接纳的对岸
让深情的街巷停止哭泣

贝母、知母、酵母
匍匐着，铺着，绵延着

染料起伏的家园

黑梅、黑李，继续织进
怜悯，早被地毯磨烂

从已被平原校正过的远方
马群奔腾锡箔的闪光
草原，已在此挣脱

在分秒奔走的斜坡上
在光也迅疾逃离的路上

快鞭，脆响，抽那远
到，直至输送流沙的铁铲
弯曲成枚枚指环，也
就是弓代替镰
把收获射向更远地方的时候了

胡杨林，仍在
旷野那巨大的忍耐之上
替命运说限度，说

远就是城，远就是墙
而很远——拯救我们的虔诚……

（2005）

白沙门

台球桌对着残破的雕像，无人
巨型渔网架在断墙上，无人
自行车锁在石柱上，无人
柱上的天使已被射倒三个，无人
柏油大海很快涌到这里，无人
沙滩上还有一匹马，但是无人
你站到那里就被多了出来，无人
无人，无人把看守当家园——

（2005）

红指甲搜索过后

你的一夜只是半日
一半极黑，一半黑透

朝黑里翻身，更黑说服全黑
在烛心最黑的时辰

只剩有丝绸，教
我们睡，教我们黑

在黑里照料黑
人生再次涌起

带着早已出发的黑
追新一轮的黑

白孔雀的叫声穿过门廊
——起始就指使黑

黑，日子吼出灰烬的始祖
黑，宽容所有的心

黑，无人走出这一故事

而黑，冲出这整理——

（2005）

甜蜜清晨

残废保姆的叫声中埋着光
红色棉花吸母亲体内的糖

在花钟形的耳廓里
听词的扑翅声

从鸟儿识破的方向
钻进锁眼开花

呵，明亮——高压下热情的事故
把语言中开花又开败的现实

还给你——青春云朵后面的实体
呵，会说话的空白

偶尔吐露星辰的声音：
缩进核

冲击出生的第一小节
光内尘土歌唱

婴儿只有一身皮肤

（2006）

那个时代还在继续

你不爱自己，那种意识
让男人进步

那是一个冷漠的时代
走得像个兵

一步就跨过生育的年龄
继续为黑夜运送过期的小麦

七十年代的女诗人
还在占有我

抱着犁走进情感深处时的
那种哀伤……

（2006）

前方的车灯

扫射黑夜中滚翻的庄稼

流浪汉从石凳上蹦起

他们要看我们收紧的心

警车如裸体捕手无声潜行

要监听我们的欢乐震动得有多深

颠簸，是我对你身体

最真实的理解，最倔强的信任……

（2006）

我爱女人

我爱她们在街上横行的臀部
我爱男人，爱和他们一样
我不需要更多的
我笑时，整夜城市落叶纷纷
我不渴望结束
整夜月光如此激动
我没有敲门已经惊动四邻

我早已是一种死亡

（2006）

你在哪里

回声中一个一个的小站

现在，只是一小块寂静

还在吸收另一种地理

一如没有向导，黑就完全

没有另外的地平线

虚无，也流逝

在留下你的死的板结之地

没有另外的死

在你的女人所受到的震动之上

保持你飞行的姿态

——一种更充分的死

当来自山口的风还在威胁这已死

当死，惧怕假死

悬崖的笑声留在镜子深处的黑暗里

继续追问粉红色的卧室

从下一个男人的声音里

追问你的女人

问她：你在哪里

你的迷失处正是他的进入处

从你已无怨的那一边

也只比人高一点的地方

死亡，继续投入

所有的世代都在投入

以回答深夜旷野的焦虑：

　　你在哪里

（2006）

希望之路

一阵幸福的雨下着
一扇窗子彻夜敞开着
先于梦，你已到达那里

用女舞者的脚尖
去取柜橱顶上的那把壶
你信：相遇，仍有这力量

先于你，我已返回
当钟摆对称地回落着
钟面存在着，被自由浪费着

我们的未来，只是遥远的过去

（2006）

慢慢靠近火——我们最后的四壁

希望之灾，从
可以吻到的困惑中退却了
深处的欢悦是陌生的
偶尔，我们能沉浸到那里

从坦白——那高效的烟囱之内
慢慢打开，打开
改变我们如何进入
某一种我们

毁了的门槛，已在呼吸
偶尔吐露星辰的声音：
慢慢消耗纪念日
我们，只是你暂时的泪

仍在你的深处经历波澜……

（2006）

深沉散文隔代的音响

朝斧端传递
在悼词轰鸣的石阶上

听流逝检讨得多么响亮
还有挽歌，但没有对象

沿斧锋流畅的线条
生命，不等诗章

沙，一锹一锹铲进坑
阴影随抵制而增长

光，也就在徘徊的包容之内
照亮所有追悼者窘困的脸

一只只肿大的耳朵对着拉弓的神像
园丁从我们腕上抽取更浓的血浆

（2006）

在屋内

在屋内也在气候里
你走不出这夜

一滴水一个时辰
你走不出这在:

我在,我不在
屋内只有一个时辰:

尽头的你是你,你
走不出去,也走不回来

徘徊收取自身的核:
无我,本无我

白烛流出泪的初始:
过程,主沉浮

你走不出这空屋
已视高山为行云……

(2006)

你在哪里

回声中一个一个的小站

现在，只是一小块寂静

还在吸收另一种地理

一如没有向导，黑就完全

没有另外的地平线

虚无，也流逝

在留下你的死的板结之地

没有另外的死

在你的女人所受到的震动之上

保持你飞行的姿态

——一种更充分的死

当来自山口的风还在威胁这已死

当死，惧怕假死

悬崖的笑声留在镜子深处的黑暗里

继续追问粉红色的卧室

从下一个男人的声音里

追问你的女人

问她：你在哪里

你的迷失处正是他的进入处

从你已无怨的那一边

在只比人高一点的地方

死亡，继续投入

所有的世代都在投入

以回答深夜旷野的焦虑：

　　你在哪里

（2006）

画室中的阳光

照亮已逝的事物
在远古上了锁的昏暗里
看不到指导细节的手
众神，即缺少

光，已在节俭它的闪耀
而毫不怀疑歪斜色彩中
那些高照的点，它们还在邀请
称上的小罐，不多的蜜
还有虫鸣，一齐进入
扩大晚祷的瞳仁

里面，比战场的空间要大
里面，虚无击溃实物

在这损失已达极限的光照里
看擦泪的手多美
打碎碟子的手多美

还有悲哀，也就还有风景……

（2006）

城市边缘的游牧区

用荒野的神情注视
这文字的进入与逐出之地

周末的重量，闲散，需要
勇气，在二指威士忌的杯底
出神的人，望着自己
在新人的部落里以忍受为秒
怀旧者，站到自己坟上
在流放地的坚忍中
四头石狮看守两个农民的下巴
低下头，就没有头

这些脸，继续隐藏在观念里
消磨这卑微，朝
痛苦后面的房租呐喊
一如北京周围那些憔悴的树

我们曾称它们为轰鸣……

（2007）

没有消息

从波涛深处整块的沉寂
你听到高大的船在哭泣
从舱底，什么已经走到前头去了
与骤起的风云相接

那时，邮件正在旅途中
在必须呼应大海处
到达我所渴求的深度：
海啸，是心灵的需要

那时，你拾起到达陆地
就会死，返回大海就会爆炸的东西
那个什么，穿透过来

从散文世界每日的海滩……

（2007）

在语言的冰层下

说出来吧
说：唱吧，歌唱吧

歌唱就是呼吸
而声音不为意义留驻

歌手把问题全忘了
猛禽又一次听懂了音符

（2007）

思这词

这思，这充不满
这意义，这中魔的矿藏
这来自煤层的势力
深入地层中的血层
从人已被孤立出去的汇合处
只握左手，只剩下坑
思这死，不知如何死

沙内，埋着直立的脊椎
工地墓地，都在它们肩上
工棚下，死亡过于暴露
埋葬者释放了力量
坑的从前，投入时间的信义
中心，是死前
事件，在缄默中汹涌
在建成之地，在新建的旷野
上面载着历史，上面没有人
在它的安全里
没有我们的动机
注视它，在注视中
我们部分地得以返还

这，就是郊外荒草的集体誓言

（2007）

痴呆山上

对着雨，雨滴
和滴雨的磐石般的天空

一个男人牵着一头奶羊
蹲在石上，一种孤独

里面，有大自然安慰人时
那种独特的凄凉

当矿区隐在一阵很轻的雷声中
一道清晨的大裂缝

也测到了人
沉默影子中纯粹的重量

那埋着古船古镜的古镇
也埋着你的家乡

多好，古墓就这么对着坡上的风光
多好，恶和它的饥饿还很年轻

（2007）

年龄中的又一程

交换我们的记忆

靠我们的问题呼吸

膝盖轰鸣着

传递线的痉挛

传至你，又从他者传回

交换我们的沉默

草接着草，深处没有核儿

本来是空白，在树浆内

由被检阅过的寒冷

建立它的冬天

无言、无声和无关

鼓点是不变的

独立也是旁白

在变为石头的接力中

种子些微的重量

担着全职的黑暗

自痛苦的全集

收藏你，收割我们

重新隔着你，隔离我们

大量的未来

再次奔向文盲的恐惧——

（2007）

青草——源头

听我们声音中铜的痛苦
留下山谷一样的形式

什么在生活里
掩埋开阔听力的金耳朵

什么走出来
告诉残酷世界垂泪的悬崖

什么是人，为什么是人
介入了流浪的山河……

（2007）

从两座监狱来

堆积我们的逗留，在斗以外
土地，我们行为的量具
偶尔认得自由：

石头被推上山顶
不幸，便处于最低水平

在这低下之内
通过我们被颠倒的劳作
向更低处漂流人

带着失速的田野，过度地活着
并畏惧于所活过来的
距离，只是丈量的结果

在这报告之外
不多的生活，是生活

（2007）

在一起（舞台剧）

想念另一个人是甜蜜的，但在今夜并不。
多久了，我只是为问题而活着，为思念。

我是娜拉，我离家出走，放弃了丈夫，孩子，为了另一个人——一个男人，或者是为了我自己——我的自由。在今夜，我到达这里，对着星星介绍我自己，我叫娜拉。

对，我是娜拉，或者说我还是娜拉，我是具体的，我活在世界的一角，我做过各种工作，速记员、人体模特、秘书、编辑、经理，我赶上了一个大潮，我已变得富有，我已足够，像我的问题一样足够了。我还在选择，为了我还在生活，为了生活，而不是答案。我还在提问，问自己。
我已不再年轻，而问题永远年轻：什么是爱情？

独立，不依赖男人，甚至不依赖自己的钱，如果我已足够。
我听音乐、看戏、散步、冥想，我已不必挤车上班，我可以有钱帮助他人了。但我还是要问：我自足吗？

我是在圣诞之夜出走的，就在昨夜。也许我出走才一天，也许我已出走了一百年，也许我离开我的丈夫，不是因为寻找情人，却正是因为我有了情人。

一站一站地，我走到今天，我有过丈夫，我有过情人，但我不容男人塑造，我拒绝，我拒绝，所以我自由。我已不再年轻，而问题永远年轻：什么是爱情？

家是什么？只是两个人合在一起的寂寞吗？

在八年的婚姻中，我们早已没有了对话。
那么，在我们分开之后，对话才能开始吗？
那么现在，我对自己说的话，你能够听到吗？

亲爱的，你知道。你知道，所以你伪装，伪装你可以控制。你知道，我知道，我必须出走，当控制永存。
我必须这样告诉你，我们谁折射谁？我们谁强暴谁？我们谁生育谁？
我必须这样告诉你，我不喜欢雄狮，它们太像男人。
我必须这样告诉你，我有一个理想，它不是梦。
我信，我不信，我必须这样告诉你。

也许，出了门我就自由，当门离我很近，而我离我很远。所以，我并没有找到门。
但是我不能不离开，就在这冬夜里，一个冻僵的女人，

接受来自星群的抚摸，绝望并不存在。直至我的手，
碎成一堆鸟的小骨头，让我继续用它们祈祷——幸
福是奇迹。
不许叫我小鸟，我飞进婚姻，又飞出婚姻。
我是不唱歌的鸟，因为我只知说话。现在，我正对你
说话。

我离家，我寻找。我思考，也就是在我疼的地方缝着。
缝着，为了愈合；缝着，为了疼——一刻不停。

我不后悔，我疼。
我理解爱情，我疼。
今夜，在我的孤独之内，
一个女人昂起她的头。
今夜没有雪，只有泥泞。
今夜下着雨，雨也就参与打击。
呵，今夜我从深渊中望着我自己。
今夜，男人从我身上得到碎片。

今夜，我的周围全是河流，纵横流动，
曾映出过母亲面容的河水流去，河面上漂着孩子们的
奶瓶……

走，走着，走向，走进，走出，走过，走去，走在
走在超级城市提供的幻象中，

呵，它的冷漠也已经让我厌倦。

走了一百年，今夜我累了，
我累了但我不想返回故事——过去的故事，向前的
故事。

呵，今夜，今夜要多长就有多长。

今夜有那么多母亲向我聚集，可我并不理解人世。
从一滴像游泳池那么大的泪里，我应当辨认圣母。

爱从不庇护，风不能代替摇篮，
今夜星星提前出现，说：
爱是最高的，说：爱，只是词语的自由。

我承受得了我自己。
我不作为弱者要求平等。
我不自怜，也不配怜悯他人。
我曾呼救，但是没有人听到。能听到的只是寂静……

等待，等待黎明，等待群星散去，等待平静。平静，
像潮水一样涌来，涌来然后退去，然后，我希望我被
显露，露出一个更为真实的我——比裸露还要隐蔽！
我在问：什么是爱情？爱让我们自由吗？

天已放晴，我听到每个声音在汇集它们的自述，

我——双重影子的二重唱：

重新认识痛苦，

重新痛苦，

痛苦修复痛苦，

我不影响世界，我影响灰烬。

默念心头刚刚苏醒的东西，

我在挂满时钟的屋子里漫步，

我支持不了了。

死亡是另一层次的事情，

我触到它，我返回，但我带不回自己，

我是你们的，我的孩子们，我的星星们，

觉醒的事物已和我埋在一起……

一生的事情都放下了，篮子空了，

被撕裂的事物跟上来了，当我必须理解痛苦

——孤身意味着什么？

——母亲意味着什么？

无助，让黑夜保持完整，

无助，让我保持完整。

在这毁坏里，深渊完整如初了。

有思想的女人是危险的——所有的道路都在朝我呐喊。

说不出来，是真实的就说不出来。
无须说，无须回答，无法回答。
毁灭跟得很紧，我过不去了……

我怕，我是那样怕，
但，因惧怕，我的爱变得更大……

学会逗留，就那么一小会儿，
让那么一小会儿充满爱，
爱，是学习，
生活，是一小会儿，
黑夜，是教室，
容我从容召唤——
新的一天，新的伤口，新的门廊，
新的——爱，新的……

女人要对自由贞洁。
我创造语言，我安抚自己。
我已体尝快乐的毒素。

呵，新的折磨，新的孤寂，新的门廊，
呵，这样想，黑夜就专门为我而降临。

哪儿来的叫声，夜鸟的叫声：

"无辜，无辜，无辜"

谁也不怨，不怨自己，

这样想，母性大地就变得非常宽广，

鸟的叫声已连成一片——无辜，无辜，无辜……

从未在光里，一直在光速中，

我实际上是从彼岸回来的，

我，就还是女人，还是母亲，

我，还要过有尊严的生活。

舞台还是那么广阔，也就还在要我作

女民工、女侍者，也作女歌手……

无论我走到哪里，我的问题都是娜拉的问题。

我体验得越多，娜拉——在我身上就越固定。

娜拉不会终结。

娜拉就是呼吸的意思。

女人不应该忘记娜拉。

没有问题的生活就是死亡。

娜拉就是问题的意思。

提问就是追问自由。

我在挂满时钟的屋里漫步，

不出声，它们不出声。它们不出声，也不安宁。

但让尺度暂时离开我一会儿吧！

当无助是集体的事，

当我，当我们，当我们彼此已在理解中聋了，

当公路上，所有的汽车也体现着同样的迟疑，

什么教我歌唱？

窒息教我呼吸，而什么教我歌唱？

——让必见的光识别我！

从它最善歌唱的那一面，保持我的缄默，

缄默释放出洪水，角色崩溃了，

你，你们，姐妹们，已在舞台上等我……

（2007）

读书的女雕像

也读出我的思想吧
是在——使我们相隔
当思者总想行动
而无法捕捉飞鸟的投影

紫丁香眨了一下眼睛
你的脚已悄悄伸出石头
那时我听到了音乐
十根蹚进沙子的脚趾
正如琴键般起落

在，已把接纳与逗留
留在你现在的位置上
不在——永在
与思完全平行

于是我向前
我身后，一个送花少年的眼睛
已经可怕地张开了……

（2008）

文明的孩子

在羞红的四壁间抚摸自己
摘过李子的手变大
亡父全部的血涌来
从镜子深处涌动的窟窿
涌来所有父亲的童年

窥视青铜母亲不变的怒容

（2008）

通往博尔赫斯书店

活生生的街道，你的地址

是波涛流经的城市

只拒绝已逝的事物

当这些餐馆，茶楼，挑选

另外的人群，另外的死，另外的……

神话，从不更新

时间，便从一只似曾相识的大盆里

溢出，教路人

不看脏水，注意悲哀：

所有的进入，都是误入

误入以外，没有进入

路嗅出这些，于是渐宽……

（2008）

诗歌的创造力

人生中的一个点——这无中生有，怎样被激起？怎样地先是图像，在进入语言之后，才向意识发问：

它从何处来？为何而来？

瞬间就被击中，那速力，那效力，那不可言说的进入了言说，并降至可理解的水平：

只不过是触及。

从阅读，也从半空，从高处，无处，触及那边，那里，它穿透过来，又穿透过去。

触及，被记忆：在那里。

当那里就是这里，而这里在他处。

在界限的消逝外，
你已辨认了那个什么。

直视太阳，从照亮太阳的方向，确认它，然后由它合并你，直至一瞬被充满。那个瞬间，拒绝进入后来的时间。

你，已在一个位置上。创造者的角色已被移入，当揭露者正用发现的狂喜庆祝自己，一个声音传来：

"这世界上所有的诗行都是同一只手写出来的!"

从那个点，你的点，从你也折射的那道光，已

在多么细密的刻度上留下传达者、搬运者、传递者的
投影。

这来自灵魂地带的共同出场，正从舞台后面凑近
你。那从未说出和再也说不出来的，又一次在此等候。

让理论搁浅在这边，讨论它。
从等待——那工夫，被动者得其词。

受永久缺憾之托，这写下的片段，已吻合了语言
的限度。一如这不可明晰，亦受其大之限。
当所传之声断续，以此循环它自己，若我们能直
接说出，无异于只是说出呼吸。

不存在选择。
在我们陈述时，最富诗意的东西已经逃逸，剩下
的是词语。狩猎者死在它们身上，狼用终生嚎叫。词
从未在我们手中，我们抓住轮廓，死后变为知识。

为此我们说远。
接下降的土，我们说高。
当远从高处照射，我们说距离。当黑已至深。
至多深，露出土地表面？
至多远，触及深之短处？
至多久，短，以度那长？

至多黑，船的犹豫被照亮？

失语者和出格之语者已在那边应和：

至多高？抵达无声？

物自言，空白自言，合一的，透过去了，留下诗行，看似足迹。以此保持对生活最持久的辨认。

保持什么？

金色麦粒从我们指缝中流出。

跟上这流动——这流逝，礼物到达应许之地，跟上这流动——这安顿，流动已知它并非向前。

从这无法回避，无法迂回，撞回来诗歌。思，加入进来，放大它。

碑上纹理纵横，空无已是多么巨大的显示：

完全不讲道理，扩大道理。

在蕴含着时光的迷失里，无边本身就是藏匿。

去那里，先人并入先人，现在是空缺，缺少当下。终点，再次变成困惑的开始：无法不思。追问就跟得更紧，断裂，也就是逻辑。

材料就这么光滑，枝杈产生歧义。

梦改了道，逆向的是双向的，道路朝队伍迎面开来，我们已在回答中聋了，随雷霆的消失，我们将聋得更为彻底。

带着礼物——一副陌生客人的睫毛、一个大指甲壳的反光，要求倾听者改变阅读的方向。我们从落差中归来，追悼加上了呼唤。

在词的热度之内，年代被搅拌，而每一行，都要求知道它们来自哪一个父亲。歌声成了问题，思越过最弱的一拍——大疑变为琐碎的追问。

全部都是回声，且不断回响。

而希望如此简洁，守着心灵的历法，要求绝对的引导者，把从未体验过的爱接过来，接上人，接着你，当你的、我的都决定你们——我们。

在哀歌绝无停止之处，这就是经历，这也是经验。

写作就是行动。

从突围、逃亡、幸存这些富有脂肪的概念里，我们没有做什么，我们空着手，从横放的铅笔堆上走过。

而歌声向外探索的弧形变得尖锐了。

没有目的，并不盲目，老人类就这么歌唱——

（2008）

死胡杨林，哀悼的示范林

深沉大地的嗓音说完它的回声
一个安静的代表，随水所流的
所知的，既考察了太多的心
就只把流动当证词
光，便像碎了一样朝我们涌来

在哀悼者的老地方
更强的，是已逝的
深处，也正是痛处
所有的力，承受着自己
在这仍是语言所在之地
要我们把掩面当歌唱

唱着，我们就流回来，流进
这起始的洪荒和重新开始的洪荒
只在这一点歌唱
没有持久的地狱

只歌唱这一点
墓地开始像阶梯
从这缺失的当下

从我们最根本的痛处

让人走出来，重新走出来——

（2009）

在胡杨林醒着又死着的岁月里

所有的时代排列起来
像主的记忆一样遥远

在这并非赠与囚徒的草原
所有的故事都是同一个故事：

深沉水量不断抵达
有足够的水，就有足够的沙漠

河面，重又合拢于严峻的流动
流动，为匹配……

（2009）

献给萌萌的挽歌

一

在诗歌的墓园内辨认出古典黄昏的影子
对着你们，那温暖的一排
大海，涌来它的当下
先行者，返回远古
一年中最后的声音
来自形如面具的大地

为了那可能的对话

合唱队的雕像，只剩下肩膀
云中的送葬者，已经过巅峰
我们悲哀的国家林木站在尺度里
分享理想国久远的灰烬
一个民族的碑林把我们撞回来
听流逝已检讨得多么响亮

当你正唱出无声所在的地方

二

在这合唱式的静默里

远方的城市沉入断句

多了遛狗人阴沉的脸色

少了悲剧作者手中的石料

我们广大的石化树林全力内省

整整一个乐章空着

孤寂，已是家园的围墙

没有另外的材料

等待，就是阅尽

最末的几页空着

白色天空孤独把石膏塑造

最初的一页尚未翻到

大理石望着诗人们

他们在穿黑衣人的周围摘你的星形的心

三

当梦中的起立者，那片碑林

凝望另外地点的时候

在强力音乐的静默里

沉思，已是多长的午夜

寂静，已是另一种寂寞

讨论，已是另一种风另一种雨

过去，汹涌而沉寂

再次变为无人而又低语的地方

那时，静默也就是记忆的

节拍、语法、逻辑

已扩展到我们地理的一切纹理

且不会不经词语而直接流逝

晚祷，就又对先人开始

你的名字，开始向外说出

四

在足够的语言里交换我们的沉默

一阵低地低气压里的低语声

还给我们原住地的沉寂

那修辞舍弃的居所

此刻正是记忆，此刻正是遗忘

离开道路的人，已经到家了

铅，已沉入荷塘

警卫站在暗处

整日的光都从那里出去了

姐妹的脸，迎着碎石

看大丽花怎样翻过围墙

为无言增长才华

以此拒绝更为雄辩的打此经过

你家门前的空地就更为空洞

五

从从未带来的地点

把久远的静默传递回来

让递增的回声渐弱又渐强

等等，已是好几个词

我们的一生，已是同一个傍晚

那时，沉默也就是显示：

沉默间，距离最短

我们衔接着

姐妹们——向前的白桦林

在此在中生命受到的震动

我们的震惊，就是它的强度

它知结束从何时开始

你离去，为保持它

六

从沉默这一专注的等待
无语，已被充满，充盈
这拥有，空无，有了面貌
带着我们的出发
所绵延的另一原野

钟面，刚好透出东方的一半

另外的阅读开始了
读那消耗不动的
变迁，就更加确定
深度，仍在那时汹涌

注满它，然后投入它
在最适合沉默的地点
在为爱而筑就的方形的沉寂里

在你已独占西风的窗口

七

在这被放大的清晰所遮蔽之地

把量过的光端进屋里

思者的气息还在

午夜，已是没有邻人的时刻

无言，完成它所洞悉的

失语，也就是对无为最强烈的表达

那时，为母女人的目光深且远

在最富于人生的那段

空阔，如孩子的记忆

家，如此广大，如最后的门

一望无际，冥想者已不能动了

你，已在必须之上量出另一种呼吸

那时，寂静震耳欲聋

那里，你已被听见

八

就这样重新沉默到一起

心，已是另一种天气

所有的高处都是平等的

所有的抵达者都已淹没了终点

不息，是它的顶点

也就是对一个源头
最初的辨认和反复的书写
在可容纳其广阔的沉寂里
语言，把呼吸交换出去
消逝，也消逝到它的记忆里

那遥远的此在

在已被配器的宁静里
不断上升，持久给予

满帆的空无鼓胀起逝者所有的表情

（2009）

纪念这些草

秘密书写我们声音中的草
草接着草，草被无声读出
草下，一个跪着的队列
从未被石化

悲哀深处的草，因
保留这些名字深处
消逝的人，而闪耀
光辉林内的结词之灯

深处不再关闭
只接受草的覆盖

每一个词从那里来

（2010）

你我之间的广阔地带

两条大河持续亲吻

三朵百合

合用生命的不足

只有一个上帝

还不够

我在我的笑容后面

沉默，我在床

竖起来的地方躺下

我在烟囱内朗读沉默的风景……

（2010）

楼下

营业的灯亮着，店员
在抄写月光
那片多大的田地

我散步
已至它的极限
从室内的道路
有限到只有高度

我随电梯一起下降
下降，更合乎自然
从它的高度，纽约的高度
跟上我的等待

离上帝与世界一样远……

（2010）

收获时节

他们带来北方的沉默
在辛劳无力到达的地点
向着无力结束的方向

一个没有墓地的世界多么凄凉

在依旧存放诚实的地点
向着属于灵魂的那片耕地
这无神时刻的无助

一个只有墓地的世界多么凄凉

（2010）

填埋生命谷

填进被隐瞒的岁月
向外挣扎的字
隐没了，一直都是草
还未出生，已被种到这里

一直活在尽头
接这掌上的米和泪
一再活到一起
替多数遗忘多数

一种未完成的死
思这被速念的生
思考中，婴儿已老
填埋中，祖先必须站起——

（2010）

还在那里

在它以内，你翻转词

翻出来的是土壤

里面，有死者归来的故事：

还有土，没有地

是买命令卖

在这已被拆空之地

没有光，有迎面而来的血

死者，还在等待

与宽恕接壤……

（2010）

中秋节

守着桌上的玉兰
看石人在窗外淋雨
不想一件事
不想这件事
不可能：

爱，是一声雷

能被听到的不是
能被寂静吸走的是
能被吸净的不是
剩下的不是……

电话铃响了

有人祝我
勿忘孤独

（2010）

北方的墓地

在我们来去的路上
带着祖先的尘埃，听
家乡在一个遥远的地方擂鼓
畏惧，起始便侵占了年华

我们已不知雷为何而响

沉思，撑着石人的头
船夫，守住脚背上的血管
完整的，全被河流带走了
到某处去决堤，到坝的干预处

北方的墓地，便如潮水般涌来

在这洪水复诵之际
眺望我们如帆的文字
默念心头不再拂动的
也正是与其合拍的时候

遗忘，已是同一条河流

在这向道的黄昏

随水流所补齐的，带走的

沿典范的轴搜索源头的鼓手

也就仍被流进石头里的力量牵动

找卸下的轮子间隐藏的里程——

（2010）

姑娘说：美丽的雾

太阳就从停车场升起
上方，是它的白昼
世界突然显得过大
某种荒凉，像被人居住过一样
从这里向四处任意延伸

远处，几个庞大的身体移动过来
好像为明天准备燃料
又好像继续穿行某种阅读
这里是美国，这里有一种空旷
能够夺走任何地方的空旷

当俄克拉荷马广阔的云层下
一群孩子在像花一样笑
或者像车那样哭
那不是睡眠也不是梦的东西
已接管了所有的公路和支线

从姑娘能够放出风帆的大嘴
雾并未遮挡什么
云的司机跑到前头去了

草原深处的力量开始涌上：

这里是远古的黄昏

观察者合上了眼睛

（2010）

存于词里

为绝尘，因埋骨处
无人，词拒绝无词
弃词，量出回声：

这身世的压力场

从流动的永逝
成长为无时
无时和永续
没有共同的词

我们没有，他们没有
没有另外的寓言……

（2010）

在它以内

埋你的词，把你的死
也增加进来
微小到不再是种子

活在碗里
不平，而没有波澜

人的无疆期待
便如排列起来的墓碑
可以穿行整整一个国家……

（2010）

追忆黑白森林

黑树白树，一夜只有白烛——
整日都是夜，白烛与树齐高
黑字流血，翻转过来生者的草
红花白花，铺出可被追问的家
字透出字，白寺白瓦白塔白马
歌专杀夜莺，剑专斩白花

从这些名字的尽头，残墙血墙
朝我们看，血迹字迹，朝我们来
血不是水，水不是水
相会多出来的人，再见的人……

（2010）

在无词地带喝血

说历史所不说的
这听不到，没有前额

这多声部式的沉寂
合唱队式的无词
唱的是生

无词，无语，无垠

说的是词，词
之残骸，说的是一切

（2010）

从一本书里走出来

矿工的眼亮如灯盏

没有另外的深处

深渊里的词向外照亮：

哀悼处，并无深处

樱桃地里的灯全亮了

那里的人，已被一一码齐

在他们一直所在之地

从它的嘴里爬出来

死者开始呼吸：

深处，是我们的……

枕着他们，你就能重写

（2010）

深处没有回答

深处埋着山谷

当手推车推走的血块

所载的铸词之境

是他们的，是他们

此刻此在所守之家

时，已不在，但在允许中

等这些词被挖出来

被保留，且总被开始

这缺憾的终身制

这所有生者背后的碑林

（2010）

辑五　二〇一一年代—二〇二二年代

在生活过的地方——远方

遥远的声音，不是音乐，不是人声
美貌的云，与谁说着

你与树互望着
还不是一体的时候

一些遥远的脸已在叠合
余晖正是现在

你不再抱怨关节中的天气
也不再把生命当平静

死，已近已死，长寿的云
仍在前世的匆忙里

追赶一个没有尽头的你……

（2011）

墓园仍在接纳

过客都已长驻

爱与不爱，对面埋着

静默仍未出场

死者仍在等待

他们腕上的表还走着

爱，没有坟墓

管理员在看一张更大的图

（2011）

迎额头崩出的字

漫长，不敌一瞬
简洁，不如无声

工整，所以疏漏
断章，所以流传

（2011）

在图博格墓地

死者和平地躺在一起
树守护树，我阅读碑文
我在世界的轰鸣中
捕捉他们的沉默

对着傍晚，循着墓碑的编号
一刻，街上也将无人
喧哗声，全会过去
我看表，看到一个更远的地方

我信，地下有更强的锁链

注：图博格，瑞典背部一小镇

（2011）

穿过原野和冥想的大山

握老挖掘者的手
你走过，而他们相遇

那些头颅仍在轨道上
向代与代之间的小窟窿们致敬

地平线是一道虚线
带着模糊的经文一闪而过

你，只在失败者面前歌唱

（2011）

独自在黑暗里

你也是，在隔壁
为了语言中绝望的相遇

沉默中，有一盏灯：
触摸是语言，告别是触摸

哀伤还在练习：
结束，也需要热情

死亡还在泄漏：别
离开我，别靠近我

坟墓以外，全是黑暗……

（2011）

父亲

站在越来越亮的光里挥手
希望我，别再梦到他

我却总是望到那个大坡
像被马拖走的一个下颚那么平静
用小声的说话声
赶开死人脸上的苍蝇
我从未如此害怕
我知道，太阳一经升起
这些脸就会变黑
我不敢害怕

从一根绳子的长度
无限的星光驰远了
父亲，你已脱离了近处
我仍戴着马的面具
在河边饮血……

父亲，噩梦是梦
父亲，噩梦不是梦

（2011）

博尔赫斯

每个先知的墓前围着一堆聋子

人群绕不过他

一如自身的合拢

喧嚣之后还是喧嚣

众人，即无梦

而他，是我们的症候

对着拥挤的空白，谜

和它强烈的四壁

他的死，早已通过更细的缝隙：

海，不是大量的水

是人群吞吃人

他无眼，而他是我们的视力

（2011）

我在沉默者面前喝水

我喝最轻的，一句话
一段生命，不属于

不呼喊，也不低语
我在最低处

挪动词，我因挪动
而拥有广大身世

大大小小的盆盛着雨声
把我的沉默也喝下去

我跪在无心的地点
无人处，已无羞愧

无人已是守护

（2011）

他们在地下也手拉手

在埋葬的最深处

带着月份和它的残余

不出声，也快露出他们的天空了

当他们不死，带着他们的死

从被搁浅的人走出来

他们，从未变为骨骸

从未忠实于死亡

无限的死亡已不再是死亡

（2011）

从可能听到寂静的金耳朵

青草——枯草

两个词

守着野草窝里

五根母亲的铜脚趾

我所有的词

压在这里，我所有的家

已在此汇合……

（2011）

如果做梦是他人的事

便总是裸露着，而从未敞开
在梦里的最开阔处
你的读者戴着你的面具
你躲起来

而风格犹如胎迹
词语泄漏一切
你沉默了

你的沉默开始帮助他人

（2012）

没有另外的深处

在追悼者的老地方
只留下那些坑

是坑也是碗
深处，不再关闭

最底层的不是土壤
甚至不是埋葬

追悼，便总是朝向前方

（2012）

从一场盛大的感谢

夕阳占据了大道

沉寂，已变为可以望到一切的凉台

在云渐渐打开构筑奇景的平面上

前辈还在发光，只是不再照耀

少年，已变为雕像眼中的晚霞

在万物留下阴影的那条线上

陨落与升起同样宏大

感谢物的酬劳

从被解散的礼物中

吐出最后一块金子

现实的太阳回到吃肉的海里

隐喻眷恋夕阳

（2012）

如果缺钱是罪

看他人受罪也是罪

你照镜子，只照出他们的脸

苦吃你，也吃他们

一望到碗，就望到他们的永生……

（2012）

群词，词群

守着没底的大碗
岁末，终末

听部落唱新歌
碎词，弃词

有最后的嘴
找到沉默的出口

狩猎与耕种的亚细亚
一份血液的总谱

在词内紧闭着

（2012）

从歌内取火

终极与途中
投下曾联合过我们的身影
如埋着一把壶的山谷那样静

沉默，已淹没了对话者
怀念，已毁于封存
遥远的，已不再等同于里程
那无限过去的轰鸣
已接近于路的低吟：

无法拯救坟墓里所没有的

没有久远，就没有呼应
坑以外，没有良心
陵墓里，埋着獠牙
锈，从石人残缺的鼻孔滴下
在可以无限死亡的边缘

对着悲哀大地最深沉的父母
为窒息的天空持烛
死亡通过万烛大声说话

血，流不出最高的形式
而今天将在明天之后结束
墓地变为波涛涌来

直到无悔大地的遗容被慢慢展平

（2012）

你在出口说：入口

一片叶子大于心
但核儿不在那里

每一个词不是它自己
它们不会变为旗帜

仍在辗磨地
守着沙与翅

仍在辗磨中
用离别造泥土

你加入进去
至爱者，面对面

你的血，不再轮回
草，开始像麦子

你，越来越是你……

（2012）

听父亲林后面母亲林的合唱

沙下，岁月隆起
抹去这写下的，过往
在草间展开，抹去这重写的
河流就这样书写，这样流去
抹去重写不止的

从这些词语折射的里程
心，是被保留的土地
死者——安慰者
曾在此低吟：
要掘出来的是鹤，要挽留它

要继续召唤担水过河的人……

（2012）

等激荡的尘埃落下

死亡的玫瑰谷仍有烈马的蹄痕
我说的不是马，是马尿
顺着马腿淌下时传来的炮声
让梦留下的天空，深得像坑

雕塑已如风云移过

代替蜡烛和狱中的灵魂
是权力造痛苦，痛苦造人
从此，琴声可以自立边界
俄罗斯海岸绕过你的侧影向前突出
我说的不是家园

它，仅追赶永别

（2012）

长久地对着大海，就是对着遗忘

石人强健的颈子混在栓船的铁桩间
背着手的溜冰者在钟面上追赶时针
才五点钟，水手已站到自己的尿里
东方已被阅尽，巨人的肖像
便越来越酷似其子孙

说陆地尽头必是大海的人错了
只认识地图的人无法到达那里

海，只是航海者的日志

（2012）

到来

向着黑下去的屋脊

看那像灯又像眼的是什么

檐下，一缸水已被注满

天气，已翻过围墙

空气，没有受到震动

仿佛纯粹来自时日

对时日的挤压

这是没有预感的时刻

在足够的静默里

与必黑的事物一起

门后，没有任何故事

我没有偷窥

花，急速开放

万物没有回避

（2012）

词语风景，不为观看

一片叶子压于胸下，勉强成为世界
为了一口纯洁的空气
而过于纯洁，仿佛就是人间的罪

全景不做什么，清晰处并无晨曦
大地不说自身的事，乱星才说
一切皆成琐事，而自由无琐事
它抽走语言中最富有的部分
供孩子们捕捉天黑以后的事物

寂寞是粮食，你不可能不在场
当昂贵的纸不留痕迹
上面没有字，没有你
磨不掉的，才是新的
最真实的，才值得被埋葬

死后，大概也是如此
毁灭不知疲倦，他们
已经在用铜铸你
宽慰警醒着，在世代中
隔壁的婴儿马上又要哭了……

（2012）

词如谷粒，睡在福音里

被等待的事物不守时
严肃的果实在书架上列队
是秩序不识路
骰子，才熬着日历

自由之内无物
大地没有另外的品质
等金属吃够了李子
屋内只有文具的气息

沿词的轴，核儿的敬畏
梦与知识来自同一图书馆
为装载，不为封存
等待，其实就是阅尽

在词语之外，纷乱之内
枯竭，醒得最早
晨光，只是七次鸡鸣
抽象的手势适宜抓住这时辰

写作，使亘古可以忍受——

（2012）

爆炸，开花

开会疼的花
浩劫，是你的音质
让匕首开花

从这开放，这溢出
未知的光找到更细的鞘
从这已被麻痹的诅咒

剑，被掰开了
已在风景里，在它的风景里
从这已经过去的尚未

荒凉课本，灯一样的婴儿
遥远的家

已是石头，已是

会疼的词已不会被追上

（2012）

星光如此清澈

清澈到足以动摇头内的风景
这有益的静，友谊的静
传至神秘音响的每个角落
因广大而持有，因持有而不显
以迎接这光束与光束间的谦让

心因记忆着星空，开始了冬天的演奏
在很小的机会里，拨动它
——这艰难的共鸣

想说的是哭泣
说不出的是语言

主啊，我们是为此而活的

（2013）

一张书桌没有边缘

地平线从不完全

追踪是徒劳的

梦，就是梦者的不知

从这块读不懂的田野

无所谓死，生并未显示

而急于被梦见

这就是路

要毁了它，就理解它

这就是节奏

让释梦者入梦

梦，就是大地

保留你性格中的纹理

要持久，就需要荒芜

光，是可以迟到的

诗行，并未后退

（2013）

对像间无语

相遇前，没有表达
撕开处，仍未显露
太晚了，而依然太早
那片林已如大雾

词，在很远的地方
对应，但不相遇
达义，已让其变形
闪电抓住图像
暗澹的，强烈起来
崩解了，而仍未释放

为保持沉默的锋芒

（2013）

书写前没有对话

清晨，不回答思辨的田地
梦的收益并非运动的收益
别把大海藏进故事
话语越多，戏剧越少
自由，是一潭响亮的水
如此清晰，以致多言：
你必须拥有，也必须说无

隐喻的水位由此高涨

从自白这一广阔的文体
所有的过剩都源于缺失
人性中，没有里程
健康里，没有人生
漫长是不够的幻觉
你缺席，它才有形象
而虚无不惧万物

去流动这从未休眠的一切……

（2013）

我的女儿

我女儿有圆圆的额头

适宜照亮玉米

我的过往在她的额头上闪耀

在麦田急速后退时

玉米遇到坡，便更为密集

于是从教堂门缝我再次看到田野

当麦子的祈祷声此起彼伏

女儿便走得快，走得急

走过我含泪注视的土地

把一个孩子如烟的痕迹抹去

于是我把我的黄昏锁在屋里

任金色麦粒从指缝漏掉

一个永远在笑的婴儿

便要我把对云说过的话再说一次

礼拜天的空旷便朝此刻涌来

过往已流进年龄又溢出岁月

每颗星星都在光的收益中隐去

于是，从喜悦的金色话筒

传来另一个星球的声音："爸爸，
光芒是记忆，不是再现。"

于是，又一高地从女儿额上隆起

（2013）

沉默者

如此阴沉，亦集中了沉思
为抵达眼前的风景

正午或黄昏，蹲于一隅
蹲在他的脚上

行走时，带着楼的影子
为风景说不出的那部分行走

而他要到一个怎样的地点
释放他自语中的说者

每天我都与他相遇
为倾听一个静物偶尔发出的呐喊

如一盏未燃的灯
他是这环境中必要的幻觉

不会被改写

（2013）

吃杏仁的秘密

活这意义，一种死
领先暂时的生

你是它的礼物
只向着它

要死夺死的应允
向着希望的几重父母

一种未结束的死
要爱草的孩子只归于草

你是他们的每一个，走向下一个
没有更远的

没有意义就没有灰烬
死，只在陌生处说话

回声要求它一次就属于永久

（2013）

入屋

但屋在何处
如无终极，就不必寻找

光，大声应着
门后无世界

门内无人
尽头无物

无物才有底
门，是必开的

再次入屋，不为居住

（2014）

某种绿曾至家门

曾是星，曾是窗
石头前辈还记得林边的默诵
曾在，还在

在生与死一同消逝的门廊
还在被长辈长存的手臂牵动
留下一个可以追问的家

还在绵延原野不倦的书写
我们的草皮屋顶还绿着
我们孤独，如曾祖栽下的白杨

我们的孤独，由血肉筑成

（2014）

铸词之力

在力之外，在足够处
是理由的荒芜

光，是和羽毛一起消逝的
沉寂是无法防御的

插翅的烛只知向前
至爱，是暗澹的

需要梦与岸上的船合力
只在那里，考验尽头的听力

（2014）

两者

爱以内没有学校

既无法萎缩为理解

也不会积攒意义

爱，体会不到减少

更不知何为多余

而虚无有如此重负

如此沉重，又毫无重量

已是尽头，却不止于死

它不容虚构

只叙述这无事

两者，都无愧于万物

（2014）

只有几本书

还有回声，只在音阶上
回荡无尽与无时
烛的半音降至必需的
无言与缺口
开始对称

我们没有听懂
音乐是什么

穿过词群的异响
几本书升起
在单词连祷的对流中
让是成为是

我们仍在喧嚣与轰鸣中
捕捉你的沉默……

（2014）

看瓶子里的烟，瓶子里的帆

念头犹如滑过的船

被阅读过的珍珠，开始滚动

岩石内部的哭声开始像海

在观念的瓶子里

严峻的脸一张一张移过

许多桨划着人

毕加索的每根手指穿着囚服

画出一只巨手织过的空

绑在桅杆上的头最先把它望到

前方消失了

瓶内异常安静，沙内也是

钥匙继续为潮汐好奇

鸟儿叫着大地，只认识波澜……

（2014）

看原野所看的

在像陵墓又像炮台

那样的巨坡上

太阳血林移过

顶点不留残余

遗忘又在登基

我们就是从那里被抛出的

在一直就是沉寂的缄默里

质料与重负一起

不会与矿脉一致

一条路通向拜访

没有透露语言的行踪

我们开始听清自己的声音:

重建它的表面……

(2014)

祝你快乐

我，在你的遗忘里
但我的花即是你的花
我不寻找，我
掰开了你的梦
我住了进去

再见——并不确定
花，只在演奏者指尖开放

祝你想念我

（2014）

博尔赫斯的遗产

在他不再是他时
他的模仿者肩扛两支大桨
把从白昼盗来的光贩运过去

一块可让理性流动的大理石
仅藏匿深度所需之空间
于是过去成为现在

告诉严肃的尘埃：
大理石内在的神没有迟疑
任黎明持久装饰

任坏死的智力啄食风景
战胜了言辞的石头，开始奔驰
便再次瞥见摇撼时间的高峰

他离去，为保持它。

（2014）

与爱为邻

你的屋子空着
一把剑悬着
只是在你身上磨着

你想起一个女人
她的脚像鞋拔那样冷
也那样需要温情

对面的窗敞开了
一个男人在揍
一个比浴盆还要结实的屁股

你想起另一个男人
他，曾是你
你举起手

祝外面是平安夜

（2014）

路不为寻找者而设

直至遇到你之所信
没有到达这回事

你的路宽了
行人的潮水分开了一刻

没有路，全是路……

（2014）

无法接壤

向下接住
接下降的土

每一层更低
下降到无地

向上放弃
满天都是石头

高处仍在深处
深，更深

高于出离

（2014）

穿行阅读

没有可问的，不问可答的
按住字，我们就看不见你

什么还未到来
不再来自光之剩余

什么留给什么
总是在提醒天亮

什么已经走到前头去了
黑，全黑，不会再留任何阴影

能回答的都算不上问题
什么已经透过去了

我们看不见你，就划向你

（2014）

摘下千禧年的花冠

与风说叶子
只在歌里说：放走时间
它不是来者

从来自词丛的一跃
心长到了外头
与从来到来的说话

那个什么穿透过来
从无声的那边，应它应许的：
抓住必须放走的

来吧，你还有手
来吧，我也来

（2014）

这条街

仅适宜鸽子与闲暇的覆盖
而他们的匆忙就是他们的陶醉

当财富如影相随
他们就变得更加相似

守着自身的旷野
你是一粒沙子，仍不属于沙漠

（2015）

穿越日常

穿过你生活地图的那几条街
去参与书的疲倦

走惯的路已经不再是路
梦被拖向更加实在的地方

没什么在买卖之外了
意味着某件事已经圆满

日常的脸就是灾难的脸
你的自语是说给街道听的

人群已经涌上
主人的脸就是日常的脸

而你要到哪里跟上你的等待……

（2015）

冥想，回想，不想

不语增长，空白习艺

补时补光

从这沉默的给予

交出你的深处，藏于痛处

痛处是去处，已是诗篇

（2015）

从风之所属，我们贴近

你和我，不是两个
我是树，我隐藏你

只作树影吧
你几乎就是它了

于是叶子也躲起来
我是你的孤独

它爱你，一如
你属于我

我在黑暗里，知道你也在

（2015）

灯紧挨着烛

灯内全是念头

在睡眠之外

醒着之外

在这在与不在之间

头内的灯亮了

擦去暗示吧

你扶着灯影站起

扑向更具人形的地方

完全与写作平行

（2015）

从前来的光，唱：离去

闪电的头

那是你的歌

回到动荡的蓝天

你是它的另一种欣喜

活在止处

止于最充分处

明天已经过去

已经给予

过去仍是未知的

已经说出

止境属于你

无人能有那名

（2016）

打住枯槁笔体

写出即缺失

一种养护，不为词语所动

已知即无知

思与不思吐出各自的精华

不为存留，为空出

尖端只要纯粹

重新因无声而无瑕

（2016）

在向往的高度上

炮弹也有心

不在乎它们就是工业

为了乐器，它们要长出更新的爪子

为拥抱，不为攻击

更不为爆炸

它们的梦是人类的噩梦

在词语的开花之地

热情的草减少

凭我们，它们减少

少，更少

少于说出

每片叶子都在鼓掌

它们比平日多

（2016）

从未跟上自己

我已走过我

生活已经经历了我

一个男孩走过

我追上去，喊：

你不是你——

（2016）

制作一幅画

开端是隐晦的，因不知其丰富
被迫跟随手，因不知心之所要
在手的牵引中，没有目标
也许就是心对物的忠实

石头森林广阔，没有隐藏
也没有什么在深层被扣留
一如醒来后又再次入睡
一幅画已在这里

创造，是无中生有的行动

（2017）

此梦无缝

此地无景，此刻

尚未被纳入

时间曾怎样繁茂

钱，曾是怎样广袤的草原

（2017）

从你带来的这块田野

理由没有限制一物
某些话语，在金子碎裂后听到
没有第二次

爆发处，就是终止处
顶点，就是离去
没有下一次

无法停留，已是离开
一直在离，已是出发
从每一次

无求是死亡之剩余
创造出自身的边缘
只有一次

　　　　或只有一生

（2017）

从你来

一个声音

不为倾听而来

已在所有的分贝上开花

从它的核儿走出

回答什么是什么

已经敞开一个多出来的方向

从你之所来

一个坟墓离开了

带着沙粒中极小的命令

一个你，在那边望着……

（2017）

不解沉默

因词之晦涩
不够用于沉默
已经符合沉默
所减去的

无言，但还不是沉默

一个位置空出来
空着那所有
寂静由此悸动
沉默才会重启

这向上的接说

入门

冥王星的脸亮了
那门也亮了，那亮门
紧闭着，紧闭着
门后之门

死，即无门
敞开处，无人
这不是门，是你的履历
门上的木瘤，开始像奶头

（2017）

荒草怀古，哀歌损笔

既蔑视权力
也就无墓无碑

死者的天地又扩大了
——埋葬不了，才算终结

时间还是留下信义
像不义一样长久——

词内无家

无名，无坟，无家
无名歌唱无名

再多一点无声吧
无声，高声

天空敞开了一会儿

深寂深处的波涛
已经涌上

上升到你自己

（2017）

没有问题

星光下的世界没有问题

这个下午没有流逝

你的面前是纸

语言不喜欢被说出来

真相不靠揭露存在

这些都是和平的财富

而多大的征兆，已被写到一起去了

（2017）

那时

为什么骆驼需要双峰才能穿越沙漠？

我望着你，你只望着自己
我望着那里，我只望到你

我在看我看不到的事物
我看到了时间——那朵漫长的玫瑰

那时狮子还会思考，美人眼中还没有怒火
那时我们还能走进不可理解的事物

是心灵创造不可见的，在谜
和它强大的四壁之间，容生活的寓言穿过指环

如我的日光能够穿透你的眼睛
就会看到更远的地方

她们的身体曾是原野，还在释放梦所接纳过的
她们洗浴的气息已放慢了河流的流动

那时你出现，你驻足，以停止我的徘徊

爱应当没有名字，已让只栽玫瑰的坡暗了下来

那里只剩两棵树，一棵是另一棵的影子

树没有心，因无人搂抱而笔直向上
因绝育女人的依靠而更为挺拔

女雕像搁在公园一角，谁经过
都往她嘴里撒一把硬币
那时我听见某种声响，比蛇的叹息还要轻

美就跪在那里，如初犯的罪
像创造一样稳定

蛇如此倾听我的讲述
插翅的藤与钟缠在一起，不够爱之所用

沉默中有一盏未燃的灯，要点燃它
以照亮从未抵达我们的每一日

不知感情要什么，鸟儿的头藏在暗示里
用笼子里的智慧喂它

你躲在你的笑容后面，太阳在你眼中说谎

我偷你在搅拌色拉时的话语
在多大程度上，猜就是偷？

你的心就藏在我要找的事物后面
后面就是它所有的地点

宠物竖起耳朵，肉丸子在云中，云朵充满激情

独自在黑暗里，你也是，太阳暗自发光
我们就是要睁着眼沉默

你的眼睛是两扇张开在海底的窗户
我们头顶的星星还是一些电视

蚝壳滚滚卸到我们一起翻身的床上
我进入夜的另一面

第五个季节已在用假声歌唱

一个苹果在窗台上微笑，玫瑰只知长刺
所有的词都亮了

明天已在钟表内，你的第六根脚趾开始生长

两只大鸟，没有羽毛，全身都是肌肉

黑暗中，我们彼此识别

金银花像一记勾拳停在半空
已无力约束这结束

玫瑰的欲望已经与剑的欲望一致

一双鞋保持着你脚趾的形状
舞蹈着走过去，意味着有多少次出发
就有多少次折回

我挨着你，等你，我的花
在别人的衣领开放，我是你的尘土

我是你的过往掠过的一幅风景画
我是你的情人

我不是我，而基督快要从心里跳出来了
我是你的沉沦

数我的玻璃眼泪吧，你已抓住未来的故事

你的背影比你复杂，我还在观察
我们之间的那块田野

孤独是灯塔，与爱平行
嘲讽从自嘲中涌出，为解嘲

玫瑰是灰色的，它的影子是玫瑰色的

我的脸是我面具的一半

没人是他自己，我看到羽毛状与风搏斗的人影

见证者帮我们遗忘

我坚守活着的状态，我的孤独不容打扰

我是一个一年滚破七层床单的作家
我依赖紧张甚于依赖你的床

我在歌内回忆，并摇动背上的箭镞

谁同情痛苦就去数羊毛

把我的鼓也带走吧，深埋它比敲响它更值得

我身后，这些词利用我的声音
棺木就这么强大

孤独是年轻人的事
一个眼皮覆满死蛾的女人已对准我的星座

垂钓者瞪着鱼一样的眼睛，他们在观察自己的心

树木望得更远，不再有障碍，它们交出了障碍
抽打树木的孩子个个都是天使，一个比一个矮

练习这不完美，大地没有另外的视力
世界有个痛苦的母亲

父亲被母亲挡着，大提琴就有梨形的臀部

我怕雷声，妈妈也怕，我爱我怕的

一只大鸟望着我，用母性的神情
我蒙着脸，快乐地长牙

我穿着金鱼穿过的衣裳，就能从口袋不断掏出糖果

树木穿着小男孩的短裤揩擦天空
寄往母亲坟墓的信到达

我梦着，梦到我不再是一匹马

无为太昂贵，晚年的雷声把它送到
闪电喜爱从未占有

灵魂没有准备，珍贵的事物藏匿着
比母亲的坟墓还要忠实

墓石亲吻墓石，其间有打开肉体的再次努力

一匹马奔来，我们相识，于是马奔走
又一匹奔来，于是我奔走……

（2017）

不明的用途

躲在你的观察后面
从一个能听到的坡
天空后面的玻璃碎了
水面上多了一个盖子
上面有竖起来的麦子

地平线睁开两只大眼
每一株玉米都在眺望
水开始离开地面
让看到的叶子不再是叶子
熟悉的事物就这么隐藏

界限并未确定什么
从一个看不见的高度
高处是近处所减去的部分
一个合理的天空，让田野变得光洁
只有一个命令：

不许看自己

（2018）

不知献给谁

我年轻的大理石
你的身影蜡烛般宁静

你的床在天上流血
因无法接受这给予

邀请我们每一个
邀请你自己

　　　回到策兰

（2018）

词语磁场

词语磁场由内在的心丈量，为无边说无

眼看到了心——本身是无

在无语的尽头，有存在于无

一个谜，从不说话，只说你想说的

一个总体故事的说者哑了

你的孤独，就是你能听见

写出这空白，已是合写

歌唱疼——那有形的灵，它不识美，它合并真

保留残缺，藏在说出中，等无声跟上

保留未完成，为它持灯

沉默乃词语之家，不会让位于音乐与田野

诗歌无时，告诉严肃的尘埃——时与无时

在不变的玄机中，让预感留着

一如梦折射了梦——那极品时光

虚无是堡垒，但沉默能管住风暴

让天空在纸上镇定下来

纸上有更高的存在

没有词语，只有供词

而供词处处皆是

别在碑林里享用沉寂
向不存在敞开，潜入它，它突破了你

等级说不出这统治——这对位的强权
这是光的邀请，这是暴乱的统一

从星辰，这最高的墓地，我们联接着
在一个待孕的星球，尘土不会归于尘土

从物——额的反光，数字写出文字
而顶峰不会说：向前

词拥抱着，要我们彼此属于
升向更高的冲突，言说更高的陷阱

（2018）

渴望的脸没有回来

一个竖起来的坟墓
停止了张望

在两个海之间，一个无法安置的词
让缺席成为可见

每一棵树下埋着一个母亲
捍卫痛苦

你的死向着它
从这片诗歌的次生林

已可以直接返回前进的词语

（2018）

人死留名，虎死留皮

只有尸首，还算不上死
只有仅有——索取这所有
所有世代的眼睛一直睁着

有死，但无终极

（2019）

向内识字

识已识的字，读出；读不懂，想要说：说出

一道伤痕说出其他的——没有伤痕，哪有我们

从恶之不幸，至福在说出后才能给予

孤独只在群内寻找贫瘠，自我已是内在的无家

梦即遗忘在提醒，你的一生只是同一个傍晚

无权疯，已疯，你唱出：无处

精子只有头，低下头就没有头

必言之言存于无言，在不启示，实为无言之继续

平庸即诗歌之罪，没有更新的尘埃，供锈增值

生存严峻的种子就种在这里——共在，而没有共同的词

路，就是谜，仅指点陌生

坑是跪出来的，惟词能逃进这逃出

海不是海，是词，亦是词冲出其所是

你的钥匙丢了，你的肩膀才肯长出双桨

巧智暴露虚构的原点——你写，而你不配有目的

晦涩是必需的，供核儿发力，由碎片命名

诗人靠失败运转，不断地因为——从未成为

一把米如此依赖梦，因找不到可匹配的苦难

写作，因心里有个坟

每一层更低，已在最底层，深渊尚未敞开

只孤立到这一点——刺扎不进自己，变为另一极

神奇比宽容公正，以对应词之贫乏与星辰的骄傲

奥秘不思，被思，教你越笨越依赖于品质

受词之威逼，即不受梦之约定

承受人，也承受无人，你开始听清自己的声音

请贴近边缘，边缘靠近家园，为前进到无边缘

所爱没有边际，在没有道路的地方宽广起来——

（2019）

起念的初起

心灵无事
一想，就偏离

想大事情
有死，但无终极

家，只是路过
人生已延误了你

穷到只剩词
写下必历的

心碎而人宁

（2019）

在同一个梦里划桨

在痛苦的最根本处
搁放你的锚

银河系的每一粒珍珠都在唱
一个地球，只剩无求

一杯水留给大海
神低了

在不通向任何地方的地方
生命倾向直译

让译者死，让死者启航

（2020）

无语词语

深处无求，极亮处无光，无灯而有影，未见空无

是无不是空，邀你前往非写作即不能抵达之地

诗歌即进入词语，在人间寻找人间

无方向即无边际，迷失即谜底
且把说者一直在说而从未说出的称为途中

寓言一直就是恶的异化，善仅源于权力的自虐

虚无是具体的——刀光剑影

心不是肉长的，创造它
以此分辨出星辰以外的家园

每一粒沙子匹配一个神话，遗忘已是我们共同的遗产

你写，你活着，离开了苦难，你什么都不是

惟抵达你所不是，陌生处才会收养

没有不存在的，说出即在，在而不能触及，跟随它

你写而你不配有目的，你出声亦被无声追赶

从这不可言说，无知来自已知
尚未保留从来，词语仅毁于准备

挖开你的沉默，无词并非无效，其间有智力的崩溃

在功夫之上，爱从未进步，不朽则意味着诅咒

用尽这耗尽，这虚度的虚无
谜自语，空白自语，被动者得其词

说事物——那说者，即说词语之所说

在无梦的水平上，无为已顺应了纹理
但在无用之上，词拒绝无词

重写是写作，重复这极少，少，因克制
词向前紧缩，缩写这重写

悖论允许矛盾调查，惟奇词解洞察之动机

在自主的无言里，不解沉默，存于无解

笔迹已类似森林，在主的无言里继续言语

当下可以被留驻——不在时间里

从无声抽象出召唤，超越已是相遇

晚期是对早期的确认，成就迷宫
源头仍在词内，劫获刹那

空处确立来处，道出已是去处，高处仍在原处

从生之值得，死者仍用生者的语言沉默

没有最后的，这流程，从起与止，止于开始

无法停留，已是离开，一直在离，已是出发

你就是你之所失，剩下的是词，它开花

死即无时，尽头已死，立命处，到死为真

祈祷，但换了主，念，念——流传……

（2020）

穿过烛，跟上星，带着疼

你在针尖上走

读出相遇

读出阴影的拥抱

退隐的山河，福音的内涵

未完成的天空

要你承担这寂静

这心理的总量，声音的原野

沉默大地噪音中的白杨

越过岁月大面积的钟声

一只鹤从回声归来

你留在这里干什么，你离开干什么

（2021）

在埋你的坡前停下

文本的引力场，这个坡
是被你唱出来的

从对话，对彼此的你
让会哭的词不哭

未完成的沉默，一面丝织的墙
保持燃尽的邀请

——赤身进入现代

（2021）

拆词

拆开词的一半
前世界眨眼，全视域地

读出最初的那个词
——无家

读窄域，这说尽的生成
律动的山峦，战栗的法典

空白，翻江倒海

（2021）

在永不——的深处

回答你是谁

谁是自己，又是谁在问

一个词已载着镣铐起飞

是谁跟上了一道越狱的影子

从这痛楚的代谢

无我，那么是谁

从出生——这移位

是谁在催促

要心脏列车里悲怆的孩子跟上

（2021）

向晚的光向你来

一个尽头敞开
天空后面的天空

同样的光，不同的世界
死亡与终极敞开不同的方向

无人已是一种境界
从这近神的暗

死不是谜，是必死
只搭乘最初的那个词：无家

为凝神未成年风景的前景

（2021）

额上的土地

头，这顶，打不开
盛装的废墟

欢乐尘埃已知自身的权力
——活这流逝

这有限的无
仍是最低限度的生

这轮回的伦理
道出已是折磨：

败坏乃败坏之母

（2021）

说这说尽的

情感愚蠢的激流
说不出要命的

用力，因无力
挣扎，并未触动疯狂

诗歌的沉寂
没有更新的尘埃

在形而下的漩涡里
痕迹更重要

痛苦，是对生活持久的辨认

（2021）

读蔚蓝树干上的云

触摸吧
你的空虚，触不到虚无

词语的晚期生长
长成为无趣

里面有一种羞耻的规模
不断扩展为篇章

这就是你之所负
——你的灵魂是抢来的

只用一只翅膀飞行

（2021）

意义

还在搜索图书馆内的灵魂，一如你
仍在寻找这城市会害臊的器官

从这被理性抽空的寂静
没有田地的人，还在讨论语言

没有作为燃料的意义
就没有灰烬

词语的秘密被词锁着
只积郁黑暗发酵的发作

讨论诗歌，就是讨论炸药

（2021）

上升的巨石世界，无光

逆光，向光
心是这样的

它蔑视权力
自我赋予自由

海竖起来了
万山千山舞蹈而来

对着光，校正光
这深渊般的明镜——眼中之眼

只捕捉要去灯塔的人

（2022）

词语从哪里来

这么多名字已在碑上
而无力把恩泽修复为遗容

一朵被解构的玫瑰
流放了人对神的注释

末期的萌芽——碎片
已是死对空缺的间离

在神的不言里言语
生之承诺

让永别的世界永在

（2022）

纸上无字

词藏于数，在演算词
数安于无数

在无语的尽头
拟人而无人

在无心地带
命名那无名

完美统治无物
心是写出来的

——无悔时光

（2022）

图书在版编目（CIP）数据

词语磁场：多多五十年诗歌自选集：1972—2022/
多多著 . -- 上海：上海三联书店，2024.5. -- ISBN
978-7-5426-8491-2

Ⅰ . I227

中国国家版本馆 CIP 数据核字第 2024KZ8862 号

词语磁场：多多五十年诗歌自选集：1972—2022

著　　者 / 多　多

策划机构 / 雅众文化
责任编辑 / 张静乔
特约编辑 / 拓　野　袁　溢
责任校对 / 王凌霄
监　　制 / 姚　军
装帧设计 / 蒋　浩

出版发行 / 上海三联书店
　　　　　（200041）中国上海市静安区威海路 755 号 30 楼
联系电话 / 编辑部：021-22895517
　　　　　发行部：021-22895559
印　　刷 / 山东临沂新华印刷物流集团有限责任公司
版　　次 / 2025 年 3 月第 1 版
印　　次 / 2025 年 3 月第 1 次印刷
开　　本 / 1092mm×860mm　1/32
字　　数 / 285 千字
印　　张 / 15.5
书　　号 / ISBN 978-7-5426-8491-2/Ⅰ·1922
定　　价 / 82.00 元

敬启读者，如发现本书有印装质量问题，请与印刷厂联系 0539 -2925659